湖底から来た吸血鬼

赤川次郎

集英社文庫

イラストレーション／ホラグチカヨ
目次デザイン／川谷デザイン

湖底から来た吸血鬼

CONTENTS

湖底から来た吸血鬼

湖底の村

「おい、明かり消せよ」

と、寝返りを打って、建次《けんじ》が言った。

「何だ？」

と、隣で寝ていた昌哉《まさや》が、半分眠りながら、訊《き》き返す。

「明かりだよ……。まぶしくて寝らんねえだろ」

「明かりなんかつけてねえよ」

と、昌哉は言った。

「だって、こんなにまぶしくて……」

建次が頭を上げて——キョトンとしている。

「本当だ。何だ、昼間か？」

テントの隙間《すきま》から差し込んでくる白い光が、ちょうど建次の顔に当たっていたのである。

「夜中だよ。もうすぐ十二時だぜ」

と、昌哉が眠そうな声を出す。

「じゃ……これ、何の明かりだ？」

「知らねえよ」

と、昌哉が面倒くさそうに、

「UFOでも下りてきたんじゃねえの」

「いい加減な奴《やつ》だな」

建次は、目が覚めてしまって、起き上がった。

「――そういや、哲郎《てつろう》の奴、どこに行ったんだ？」

「ええ？」

昌哉が隣を見る。――確かに隣で寝ているはずの哲郎が見えない。

「どこかに行ったのかな」

「知らねえけど……」

昌哉も、起き上がって、欠伸《あくび》をした。

「ちょっと、外へ出てみるぜ」

建次は靴をはいて、テントから出た。

――深い山の中、夏とは思えない、冷たい夜気で、建次の頭のもやもやは一度にふっ飛んでしまった。

「おい！」

と、建次が声を上げた。

「見ろよ！」

「——UFOか？」

と、昌哉も出てくる。

「月だよ。月明かりなんだ！　——見たことないぜ、こんなに明るい月夜なんて！」

山肌を白く染め上げて、満月が白銀の光を溢《あふ》れるばかりに、あたり一面に降り注いでいる。

真昼のような、という言葉があるが、建次たちの周囲は、真昼の、何もかもを照らし出す、退屈な明るさとは違って、地上を何か別の世界のように見せる、すばらしい舞台照明を当てられているかのようだった。

木々の葉の一枚一枚が、白く輝くガラスのようで、いっぱいに夜空へ伸び上がった木立は、雪をかぶったクリスマスツリーと見間違えるばかりだ。

「——凄《すご》いな」

と、昌哉もポカンとしている。

「うん。凄い」

お互い、東京の大学生である。こういう光景を前にして、「凄い」としか言えないのが少々情けない気分ではあった。

まるで時間が止まっているかのように、ふたりが立ちつくしていると、ガサッと枝を分ける音がして、

「何だ、起きてたのか」

と、哲郎が戻ってきた。

「見とれてたんだ。月の光に」

と、建次は言った。

「——哲郎、お前どこに行ってたんだ?」

「眠れなくて、歩いてたんだ。前にも来てるからさ。この向こうに湖があるんだ。さぞ月の光に照らされて、ロマンチックだろうと思ってな」

「男ばっかで、ロマンチックもないもんだ」

と、昌哉は笑った。

「いや、それがさ——。来てみろよ」

と、哲郎は、目を輝かせている。

「何だ? 面白いもんでもあるのか」

「ともかく、いいから、一緒に来いよ。五分もかからないんだ」

哲郎が歩きだすと、建次と昌哉は、ちょっと顔を見合わせたが、この白銀の月明かりの下、少し歩いてもいいかな、という気分になっていたのも確かである。哲郎について、歩きだした。

「足下《あしもと》、気を付けろよ」

と、先を行く哲郎が振り向いて、

「こんだけ明るきゃ、つまずくこともないだろうけどな」

とたんに、昌哉がつまずいて、前のめりに転びそうになった。

「ワッ！」

「おい……。哲郎、何だよ、面白いことって？」

建次は、せっかちである。TVドラマのストーリーも、TV週刊誌でちゃんと〈あらすじ〉を読んでおかないと、落ちついて見ていられないというほうだ。

「あの湖は、ダムのせいでできたんだ」

と、哲郎が説明した。

「もともとは入りくんだ谷でさ。人も住んでたんだけど、そこもダムのために水没して、湖になったのさ」

「それで？」

「ともかく、見てみろよ。——ほら、あの向こうだ」

少し急な上りの斜面になっていた。三人は、やや危なっかしくバランスを取りながら、登っていって、一番高い所まで来た。

「――見ろよ」

と、哲郎が、まるで手品師が帽子から鳩でも出す時のような手ぶりで、

「この雨不足で、干上がったんだ」

――谷の底に、村があった。

家々は、崩れ、つぶれかけ、あるいは屋根がなくなっていたが……。しかし、湖の底に、何年間も眠っていた「村」が、今また月明かりの下、姿を現しているのだ。

「びっくりしたぜ、これ見た時」

と、哲郎が言った。

「てっきり湖水が見えるとばっかり思って、ここへ上ってさ――そしたら、村があるじゃないか！」

「沈んで何年たつんだ？」

「たぶん五年くらいだろう。この前来た時、三年前に水没した、と聞いたような気がする」

「へえ！」

何事にも呑気《のんき》な昌哉が、遅ればせながら、感心している。

「そんなに長いこと、水の中にあったのか」

「なあ。——ちゃんと家の形のまま、残ってるんだぜ。びっくりしたよ」

と、哲郎は、すっかり見とれている。

「何軒もないな、家は。——あっちにあるのは何だろう？　ほら、少し広くなったとこ」

と、建次が指さす。

「たぶん——神社じゃないか」

「そうか。あんな屋根だもんな。普通の家じゃないと思った」

三人は、しばらくまるで模型の村を見ているかのような気分で、その干上がった湖底の光景を眺めていたが……。

「——おい」

と、言いだしたのは、昌哉だった。

「下りていってみないか？」

「どこへ？　——あそこまで？　無理だよ」

と、建次は言った。

「行けるさ。たいして急じゃないぜ、この斜面。それに、すっかり干上がって、乾いてるじゃないか」

「だめだよ。——なあ、哲郎？」

　と、建次は同意を求めて哲郎のほうを見た……。

　下は、確かに乾いていた。

　泥が数十センチの厚さに積もっていて、もし乾いていなかったら、ズブズブと潜《もぐ》ってしまうところである。

「——凄いや」

　と、昌哉は、興奮している。

「ゴーストタウンだ。正真正銘《しょうしんしょうめい》の」

　と、建次が肯《うなず》いて、

「あんまり気持ちのいいもんじゃないな」

　しかし——水の中に五年もの間沈んでいたにしては、まるでついこの間まで人が住んでいたかのような錯覚を起こさせるほど、どの家も、傾いたり、屋根が落ちたりしながらも、しっかりと柱が立って、揺らいではいなかった。

「見ろよ。金魚鉢だ。——金魚は湖に住みついたのかな」

　と、昌哉が言った。

「知るか。——おい、もう戻ろうぜ」

と、建次は足どりが重い。

「もう村の外《はず》れだ。ちっちゃな村だったんだな」

哲郎は、首を振って……。

「——見ろよ」

と、言った。

崩れかけた石垣のかげになっていて、見えなかったのだが、そこは——墓地だった。

墓石は、倒れたり、こけがついていたりして、家よりもむしろ荒れはてた感じだった……。

「墓も沈んじゃったのか」

と、建次は首を振って、

「中の骨は移したのかな」

「いやなこと言うなよ」

と、昌哉が顔をしかめる。

「だって、大事なことだぞ」

「どうしたのかな……。お寺も、そのまま沈んじまったんだろうから」

と、哲郎は言って、息をついた。

「さ、ここで終わりだ」

「戻ろう」

建次はさっさと逆戻りし始めていた。

「分かったよ。おい、昌哉、行こうぜ。――昌哉。どうしたんだ？」

「いや……。何だか……」

昌哉が、目をこすっている。

「どうした？」

「あの墓石が……動いたみたいに見えたんだよ」

「馬鹿言え。――さ、帰ろう」

「ああ……」

促《うなが》されて、昌哉も、哲郎と一緒に、先に行く建次の後を追った。

突然――ドーン、と足下を揺るがすような重々しい音がした。三人は足を止めた。

「――何だ？」

「後ろのほうだ」

と、哲郎が振り向く。

再び――ドシンと、何かが倒れる音。続いて、もう一回――ドシン、と音がして……。

何かが、さっきの石垣の向こうを転がり落ちてきた。

それは――見るからに重そうな墓石だった。

三人は顔を見合わせた。

どうして、あんな重い物が転がってきたんだ？　さっきはしっかりと立っているか、でなければ、倒れてしまっているか……。いずれにしても転がり落ちてくるわけが――。

「――行こう」

昌哉の声は少し震えていた。

「ああ……。早く出よう」

と、建次も肯いて、また歩きだしたが――。

三人は目を疑った。

並んだ家々――潰《つぶ》れかけたり、傾いたりした家々に、明かり、明かりが見える！

「何だよ、これ！」

昌哉は叫んだ。

「どうなってるんだよ！」

錯覚ではなかった。――ひとつ、またひとつ、家々の奥に、黄色く明かりが灯《とも》り続けている。もちろん、誰もいるわけがないのに。

月明かりだけでなく、家々から洩《も》れてくる光で、あたりはぼんやりと明るくなってきた。

「走ろう」

と、哲郎が言った。

「ああ」

建次が真っ先に駆けだす。続いて哲郎も。

「待ってくれよ！　――置いてかないでくれ！」

昌哉が、あわてて駆けだしたが、転んでしまった。

「待ってくれ！　――建次！　哲郎！」

金切り声を上げて、昌哉はやっとこ立ち上がると、ふたりの後を追った。

三人とも夢中だった。斜面をほとんど這《は》うようにして上っていく。

何度も転び、すりむいたり、打ったりしたが、何も感じなかった。

必死で、湖底から上って、あの高くなった場所まで来ると、三人ともその場に座り込んで、ハアハアと喘《あえ》いだ。全身、汗がふき出して、体は震えている。

誰も口をきかなかった。――今見たことを、みんな、否定して、忘れてしまいたい気分だったのだ。

「テントに戻ろう」

と、言ったのは、建次だった。

もちろん、後のふたりも、異議のあるはずはない。

立ち上がって、手の土を払うと、歩きだそうとして――振り向いた。

村のあたりには、明るい灯《ひ》が見えた。そして……お祭りの時のような、おはやしが聞こえてきたのだ。太鼓の音。笛のおどけた音色。ピーヒャララ、トン、トントン、ピー、ピーヒャララ……。

その音は、あたりにこだまして、白い月光の下、果てしなく広がっていくかのようだった……。

夜の語らい

いいなあ、やっぱり。

神代《かみしろ》エリカは、居間のソファでドテッと横になって、ポテトチップスなどかじりながら、TVを見ていた。

今は夜中の一時。——こんな時間に、レンタルビデオで〈吸血鬼ドラキュラ〉なんかを見ていられるのは、大学がお休みだから。

今は、「夏休み」という、学生の最大の特権を、思い切り楽しんでいるところなのである。もちろん、最近は企業にも夏休みがあるのが当たり前になってきているが、とても大学のように二カ月も、ってわけにはいかない（作家には全然ない！）。

エリカのような美少女にとっては——いや、「美少女」は関係ないが、何といっても、人間と吸血鬼のハーフ、夜遅いほうが調子がいい、というのは仕方のないことであろう。

思い切り夜ふかしできる夏休みは、エリカにとってはまさに天国なのである。

TVの画面では、静かに眠っている美女（あんまりきれいじゃなかったが）のかたわ

ら へ、黒いマントのドラキュラが音もなく忍び寄り、美女の白い喉《のど》を見て目を見開くと、牙《きば》をむき出し、そっとかがみ込んで、今まさに柔らかい肌に牙を食い込ませんと——。

ヌーッと黒い影がエリカの前に現れた。

「キャーッ!」

と、エリカはびっくりして飛び起きた。

「吸血鬼!」

「——悪かったな」

と、フォン・クロロックは寝ぼけ顔で言った。

「お父さんか。——びっくりするじゃないの。いきなり出てきて」

「ゴキブリみたいなことを言うな」

と、クロロックは渋い顔で言った。

何といっても、クロロックは、正真正銘、由緒《ゆいしょ》正しい、血統書つき(?)の吸血鬼なのだ。もっとも、エリカの母親にあたる日本人女性を先に亡くしてから、ずっと独身だったのだが、エリカよりもひとつ年下(!)の涼子《りようこ》と恋に落ち、再婚。今はエリカの弟の虎ノ介《とらのすけ》も生まれて、すっかり「人間並み」の暮らしをしている。

雇われ社長ではあるが、〈クロロック商会〉という中小企業の社長もしているので、昼間起きて、夜は寝るという、吸血鬼本来とは反対のパターンの生活。

「どうしたの？　月に向かって吠《ほ》えたくなったの？」

「父親をからかうな」

パジャマ姿の吸血鬼というのも、あんまり迫力がないが、まさかマントを身につけて、お棺《かん》の中で寝るってわけにはいかない。

「どうも……妙な気持ちだ」

と、クロロックは言った。

「どうしたの？」

「よく分からん。──何かこう……胸さわぎ、というのとも少し違う。何かが呼んでいるような気がしてな。目を覚ましたのだ」

「呼んでる？」

「うむ」

「何も聞こえなかったわよ。──TVの音じゃないの？」

「そうではない」

と、クロロックは首を振って、

「耳に聞こえていたのではない。もっともっと奥深いところに聞こえてきた。──どこかずっと遠くからな」

「テレパシーみたいなもの？」

「それに近いが……もっと根の深いところでの――何というか、難しいが……」

「お腹空《なかす》いているだけじゃないの？」

と、エリカは訊《き》いた。

「――それもあるかもしれん」

と、クロロックは肯《うなず》いた。

「ラーメン食べる？　ふたりで食べる分くらいならあるわよ」

「食べよう！」

――吸血鬼の父娘《おやこ》が夜中にラーメンをすすっている、というのも、珍しい光景には違いない……。

「どう？　少しは落ちついた？」

と、エリカが訊くと、

「お腹のほうはな。しかし、やはり何かが私の血を騒がせている」

ハーフのエリカと違って、純粋な（？）吸血鬼であるクロロックは、やはりエリカの理解を超えたものを持っているのである。

「トシなんじゃない？」

と、エリカは真面目《まじめ》な顔で訊いた。

クロロックはそれには答えず、立ち上がると、ベランダへ出るガラス戸のほうへ歩いていき、カーテンを開けた。

「わあ、凄《すご》く明るい！」

エリカが立って来る。

「エリカ。明かりを消してくれ」

「明かりを？　――うん」

部屋の明かりが消えると、ガラス戸越しに白い月明かりが居間に溢《あふ》れた。

「凄い月夜ね！」

と、エリカは少々意味不明の日本語を使った。

「明かり消したほうが明るいみたい」

「満月だ。それに、昼間の雨で、空気も澄んでいるのだな」

「こんな都会でね。――何か、月が大きく見える」

マンションから見上げる月は、夜空にいささか窮屈《きゅうくつ》そうだった。しかし、月面の細かい模様のひとつひとつが、まるで顕微鏡《けんびきょう》でも使っているかのように、よく見えて、怖いようだった。

「月が近いな」

と、クロロックは言った。

「え？」

「いや、そんなふうに言うのだ、こういう月夜のことを。——普通の夜と、どこか違う。トランシルバニアで、時々見た月に似ている……」

トランシルバニアは、クロロックの故郷である。そこを追われて、この日本へ逃げてきたのだ。

エリカは、月光を浴びて立つ父の横顔に、ふといつもと違うものを感じた。

「——どうしたの？」

と、訊く。

「いや……。まさか、とは思うが」

クロロックが独《ひと》り言《ごと》のように呟《つぶや》く。

「まさか、って……何のこと？」

「私は、吸血族を憎む人間たちに追われて、この国まで逃げてきた。——一族のほとんどは、滅ぼされ、灰となって散っていったし、かろうじて助かった者も、人里離れた山脈の奥深くに、身を潜《ひそ》めた。逃げのびて、海を渡ることができたのは、私ひとり……。そのはずだ」

クロロックの口調は、どこか不安げだった。

「はず？」

と、エリカは言った。

「どういうことなの、お父さん？」

クロロックはカーテンをいっぱいに開けたままにして、ソファへ戻ると、差し込む月明かりをまぶしげに見て、

「あわただしく、一族で集まり、話し合った。――どうすべきか。私は、思い切って、別の世界へ出ていこう、と主張したが、それに賛同する者はいなかった。みんな、頭を低くして、嵐が過ぎ去るのを待っていればいい、と思っていた……。結局、私ひとりが長い旅に出たのだが――。もし、誰かが気を変えて、私の後を追って海を渡ってきていた、としたら……」

「お父さん」

エリカは、クロロックのかたわらに座った。

「じゃあ……どこかに、お父さんの一族がいるっていうの？　この日本に？」

「分からん」

と、クロロックは首を振った。

「ついさっき感じたのは、まるで私に呼びかける、『仲間』の声のようだった。もし、そんなことが起こるとすれば――吸血鬼が目覚める夜があるとすれば、まさに、こんな月の出る夜のことだ」

「もし、本当に、お父さんの一族の誰かが……」

エリカはそう言いかけて、少しためらった。

「ねえ。――じゃ、その人は、本当の吸血鬼なの？　人を襲うような？」

「いや、分からん」

と、クロロックは、自分で自分の不安を振り払おうとするかのように、軽い口調で、

「私のように、長い時間をかけて人間の生き方に慣れてきた者はともかく、普通なら、なかなかできんことだろうな。しかし、もしこっちへやってきたとしても、ずいぶん昔のことのはずだ。あちこちで人間を襲っていたとしたら、とっくに大騒ぎになっとるだろう。そう思わんか？」

「そうね」

「――月のせいだな」

と、クロロックは立ち上がって、またベランダへ出るガラス戸へと歩み寄ると、

「この月光のせいで、自分がトランシルバニアへ戻ったような気がしただけだ。――きっとそうだ……」

エリカは、父の言葉から完全に不安が消えていないことを、感じとっていた。

「――明日から旅行ね」

と、エリカは言った。

「もう寝ようっと。じゃ、お父さん、おやすみ」

ビデオを巻き戻し、ケースへしまうと、エリカは自分の部屋に行った。

明日からは、エリカの一家と、例の仲良しのふたり——同じN大二年生の大月千代子《おおつきちよこ》と橋口《はしぐち》みどり——を加えて、避暑に出かけることになっている。

別荘なんて洒落《しやれ》たものはないが、クロロック商会で契約している保養所というのがあって、安く泊まれる。温泉もあるし、というので、ゾロゾロと行くことにしたのだった。

何といっても、夏休みに、家でゴロゴロしてばかりいても体に良くない（つまり、太っちゃう、ということである）。明日の午後から、エリカと千代子が車を運転して、出かけるのである。

どっちも、名ドライバーとは言いかねるが、交替でやりゃ、大丈夫だろうという、何とも非論理的発想なのだった。

エリカは、ベッドに入ったが、なかなか眠れない。——父の話が、引っかかってしょうがなかったのだ。

父が、あんなふうに深刻に悩んでいるのを見るのは、珍しい。というと、いかにも年中明るくて馬鹿みたいに思えそうだが、まあ、多少その傾向はある……。

——まだ起きているのかしら？

エリカは、ベッドを出て、そっと部屋を出ると、居間のほうを覗《のぞ》いてみた。

月明かりがいっぱいに差し込んで……。

「あなた……」

「うん」

「あなたに初めて抱かれたのも、こんな、月のまぶしい夜だったわね……」

「そうだったな」

「私、今でも可愛い？」

「もちろんだ」

——寄り添うふたつの影。

何だ……。ラブシーンやっててんじゃないの。

エリカは、心配して、損した、と肩をすくめ、部屋へ戻ろうとした。すると——目の前にチョコンと立っているのは、「虎ちゃん」こと虎ノ介。

「あら、どうしたの、虎ちゃん？　ママはね、今、パパとお話し中。目が覚めちゃったの？　じゃ、エリカ姉ちゃんが寝かしてあげようか」

「うん……」

虎ちゃんはコックリと肯いた。何といっても、吸血族の血を引いているのだから、やはり基本的には夜ふかしのタイプなのかもしれない。

「じゃ、お姉ちゃんの所で寝ようね。——どうしたの？」

エリカは、虎ちゃんが、何だか誰かに呼び止められでもしたかのように、振り向いてキョロキョロしているのを見た。

「何か聞こえた？」

「うん……」

「でも、誰もいないでしょ？　――さ、行こう」

エリカは自分のベッドへ虎ちゃんを寝かして、そばに寄り添ってやった。

「――エリカ」

と、クロロックが顔を出す。

「虎ちゃん、ここよ」

「そうか。寝てるか？」

「うん。もう眠っちゃった」

「じゃ、今夜、頼んでいいかな？」

「大丈夫よ。ごゆっくり」

「おやすみ」

クロロックがちょっとウインクしてみせる。

――ま、楽しくやってちょうだい。

エリカは、虎ちゃんのわきに寝て、目を閉じた。

遠い国から来た吸血鬼か……。

もちろん、お父さんの考えすぎかもしれないし……。

でも、今、虎ちゃんも「何か」を聞いたようだったけど……。まさか。まさか、それが虎ちゃんにも感じられた？

そんなことってある？　――エリカは目を開けて、虎ちゃんの、あどけない寝顔に見入った。

可愛いなあ。――でも、この子の中には（もちろん、自分にもだが）、何百年、何千年にわたる、吸血族の血が、間違いなく流れているのだ。

月夜。――エリカも眠り、クロロックも、涼子も虎ノ介も、やがて静かな眠りの中に、引き込まれていった。

冴え渡った月の下で、ほとんどが眠りに入ったころ、「それ」は目を覚ました。

闇からの招待

「おじいちゃん。買い物に行ってきますから」

と、江田弘子《えだひろこ》は声をかけた。

江田房哉《ふさや》は、日かげになった部屋の隅に、体をもたせかけて目をつぶって座っている。

——眠ってるのかしら？

「おじいちゃん。——おじいちゃん」

「何だね」

やっと目を開ける。眠っていたわけではないらしい。ただ、反応が遅くなっているのだ。

「買い物に行ってきます」

と、弘子はくり返した。

「ああ、行っといで」

「咲子《さきこ》も連れていきますから」

「そうか」

「荷物を持ってもらうので。――じゃ、行ってきます」

「ああ、分かった」

と、肯《うなず》いておいて、江田房哉は、また目を閉じた。

「――さ、行くわよ」

弘子は、九つになる娘の咲子を促《うなが》して玄関から出た。

「ちゃんと、靴をはいて」

「うん」

咲子は運動靴をはいて、つま先でトントンと、コンクリートの床をけった。これはくせなのである。

「鍵《かぎ》をかけてくの？」

「そうよ」

「おじいちゃん、出らんないよ」

「おじいちゃんはじっとしてるから大丈夫。ほら、エレベーターのボタン、押しといて」

「うん」

ボタンを押すのは、咲子の役目である。張り切って駆けていく、その後ろから、弘子は声をかけた。

「下向きの矢印のほうを押すのよ！」

──でも、大丈夫だろうか、本当に？

弘子は、不安になる。もちろん、いつもいつも心配ばかりしていては、どこにも出かけられないが。

仕方ない。ともかく、手早く買い物をすませ、急いで戻ってくればいいのだ。

「ママ、来たよ！」

と、咲子が大声で呼んでいる。

弘子は、ショッピングカートを引いて、エレベーターへと急いだ。


やれやれ……。

江田房哉は、玄関の鍵がカチャッと回る音を、ちゃんと聞いていた。

これで、やっとひとりになれた。いや、ふたりになれた、と言うべきかな……。

弘子も、悪い嫁じゃない。むしろ世間一般から見れば、やさしくて、よく気のつく嫁だろう。

実際、信夫《のぶお》の奴《やつ》にはもったいないくらいの嫁だ。──まあ、多少は気の強いところがある。それは「しっかりしている」ことでもあるんだから……。

「──暑くなったねえ」

と、江田房哉は言った。

「まったく、こんな四角いコンクリートの塊《かたまり》の中じゃ、暑さから隠れることもできんよ……。あの村なら、障子《しょうじ》を開け放しとけば、涼しい風が通っていったもんだ。なあ。お前もよく座ったままでウトウト居眠りしてたもんだよ。いつも感心してたんだ。よくああやって、引っくり返らないもんだ、とね……」

そう。——あの村では、玄関に鍵なんかかけなかった。夏は、どの家も玄関の戸は開け っ放しで、家の中に緑の匂《にお》いをたっぷり含んだ風を入れていたもんだ。

だから、江田房哉は、「鍵をかける」という習慣が身についていない。それでこの間も——息子、信夫の嫁の弘子が、買い物に出ている間に、散歩に出た。

フラッと、そのへんをひと回りしてこようと思ったのだ。七十歳を過ぎて、足腰の衰《おとろ》えが気になっていたから、少しでも歩こうと思ったのだ。

しかし、その時、鍵をかけて出るのを、忘れてしまった。孫の咲子は、奥の部屋で昼寝していたのだ。

そして、あたりをひと回りして帰ってくるまでの十五分ほどの間に、泥棒が入ったのである。

盗《と》られたのは、少しの現金とか、たいしたものではなかったが、帰ってきてそれを知った弘子が真っ青になり、義父《ちち》を怒鳴りつけたのは、娘の身に万一のことがあったら、という恐怖からだった。

咲子は幸い、ずっと眠っていて、泥棒が入っている間も、目を覚まさなかった。それで無事だったのだ。

以来、弘子は義父に鍵を預けなくなってしまった。買い物にも必ず咲子を連れていく。江田房哉としても、悪いことをしたと思っていたが、それだけで「ぼけ始めた」と言われるのは心外だった。

そうとも。俺はただ、うっかりしただけなんだ。

「なあ、あの村じゃ、誰も鍵なんかかけなかったよ。それでいて泥棒なんか、入ったこともない。——みんな貧しかったが、平等だったからな。盗まれるようなもん、どこの家も持っちゃいなかったのさ」

江田房哉が話しかけているのは、洋服ダンスの上に追いやられて、何だか居心地悪そうにしている、一枚の写真である。

——うめ子は、六十五歳で死んだ、江田房哉の女房だ。もう、死んで五年たつ。

確かに、うめ子が死んでから、江田房哉はめっきり老《ふ》け込んだ。自分でもそう思う。

だがあの村にいたら——まだ、あの村で暮らしていたら、こんなふうに、写真を相手に、ひとりでしゃべっていなくても良かったのだ。

村の中には、年寄りも多かったし、お互い、慰《なぐさ》め合いながら生きていられたのだ。それに、毎日、うめ子の墓へ参るのが、房哉にとっては、日課であり、生きがいでもあり、また、七十を過ぎた身には、ちょっとした運動でもあった。

ところが——今、その墓は、水の中である。

村ごと、ダムのために、湖の底に沈んでしまったのだ。そして房哉は息子夫婦と共に、この新しい団地へ越してきた。

ここには、あの村の人たちも何人か移り住んでいたが、村にいたころのように、互いに気軽に訪ね合うことは、難しかった。

何といっても、ここでは若い人たちが中心で、すべてが老人たちにとっては不便にできている。

上がり込んで話していると、

「子供の勉強の邪魔になる」

と文句を言われ、集会所で将棋《しょうぎ》でも、と思っても、今や、エアロビクスだの、ジャズダンスだのに占領されて、そんな余裕はない……。

「俺はね」

と、房哉は、うめ子の写真に向かって、話しかけるのだった。

「後悔してるんだよ。——いや、ここへ来たのは仕方ない。時代の流れってやつには逆らえないしな……。ただ、お前を、あの湖の底へ置いてきたのが心残りでな。お前は泳げなかったろ。一度海に行ったら、絶対に水に入ろうとしなかった……」

房哉は、ちょっと笑って、

「あんなに水の嫌いだったお前を、水の底に残してきたのがね……。お前、きっと溺《おぼ》れてるんじゃないかと思ってさ」

と言うと、よいしょ、と立ち上がった。

お茶でも一口飲みたくなったのである。

「お前のことだ。湖の魚とでも、適当に遊んでるかな？　どうだい？」

と、笑いかけて、台所へ行こうと――。

「水の中も、いいもんですよ、あなた」

やさしい、少しかすれた細い声。

房哉は、ゆっくりと振り向いた。――うめ子の写真があるだけだ。

しかし――今の声は？

空耳だろうか。あんな空耳が――しかも、はっきりと聞こえたのだ。

「こんな馬鹿なことが！」

と、房哉は呟《つぶや》いた。

「どうかしてる！　暑さのせいだな、きっと」

と、言って、台所へ行きかける。

すると、

「水の中は、とても涼しいわ、あなた」

と、背後で声がした。

うめ子！　うめ子の声だ！

しかし——いったい、どうして？

江田房哉は、もう一度ゆっくりと振り向いた……。


「お帰りなさい」

と、弘子は、玄関へ出て、夫の鞄《かばん》を受け取った。

江田信夫は、「ただいま」と言うのも面倒な気分だった。

「暑いな」

と、ひと言、ネクタイをむしり取って、

「会社へ電話するな、と言ってるだろう」

「ごめんなさい。でも——」

弘子は、江田信夫について、居間へ入った。

「お話があって……。お義父《とう》様のことで」

「親父がどうかしたのか」

江田信夫は、ソファにぐったりと身を沈めた。

「面倒な話は明日にしてくれ。疲れてるんだよ」

夜、十二時近くになって、やっと少し昼間の暑さが和《やわ》らいでいたが、それは少しも仕事の疲れをいやしてはくれなかった。

「でも……。心配なの」

と、弘子は少し声をひそめて、

「昼間、買い物に行って帰ってくると、お義父様が家の中を歩き回ってるの。戸棚を覗《のぞ》いたり、引き出しをあけたり。——私の下着の引き出しまで」

「何だと？」

「いえ、でも、変な意味じゃないのよ」

と、弘子はあわてて言った。

「何を捜してるんですか、って訊《き》いたわ。そしたら……」

と、さらに声を低くして、

「うめ子がどこかに隠れてないかと思ってね、って」

江田信夫は、眉《まゆ》をキュッと寄せて、

「お袋が？」

「ええ。声が聞こえた、って言うの。空耳じゃない、絶対だって。——私、それで心配になって……」

　江田信夫は、ため息をついた。

「――親父はもう寝たのか？」

「いいえ、まだ起きてらっしゃると思うわ」

「話してみよう」

　と、江田はソファから立ち上がった。

　居間を出て、江田はギョッとして立ち止まった。――父親と、顔をつき合わせていたからである。

「父さん！　まだ起きてたのか。どこかへ出かけるの？」

　江田は父親がちゃんとズボンをはいて、靴下まではいているのを見て、訊いた。

「ちょっと約束があってな……」

　と、江田房哉は言った。

「夜中だよ。どこへ行くのさ？」

「倉庫だよ」

「倉庫？」

　倉庫というのは、この団地の住人が共同で使っている建物である。団地の外《はず》れにあって、もちろん夜中に人が出入りすることはない。

「倉庫に何の用なんだい？」

「ああ、――うめ子がな、あそこで待ってると言ったんだ」

房哉は、微笑んでいた。弘子が、ふと顔をそむけ、江田信夫はゆっくりと首を振った。

「父さん……。お母さんは死んだんだよ。忘れたのかい？」

「忘れちゃいないさ。お前も弘子も、俺がぼけたと思ってるな？　心配するな、頭はしっかりしとる」

「じゃ、どうして――」

「俺にも分からんよ」

と、房哉は肩をすくめた。

「ただ、突然、うめ子の声が聞こえたんだ。そして、今日の真夜中に、倉庫で待ってるからって……。本当にそう言ったんだ」

「やめてくれよ、父さん。僕はくたびれてるんだ。お願いだから――」

「ひとりで行けるさ。誰も、一緒に行ってくれなんて言っとらん」

「母さんが待ってる？　そんなわけないだろ！」

「俺もそう思う。でもな、ああはっきり言われたら、確かめに行きたくなるじゃないか。誰もいなきゃそれでいいし……。そうだろう？」

江田信夫は、深々とため息をついた。

「──OK。分かったよ」

と、肯いて、

「だけど、こんな時間に、ひとりでやれないじゃないか。少し待ってくれよ。着がえて、一緒に行くから」

「いいんだよ。お前も疲れてるし──」

「十分もありゃ行ってこれる。どうってことないさ。一息つくまで待ってて。いいね?」

「分かったよ」

と、房哉は居間へ入って、ソファに座ると、

「あいつは気の長い奴だからな。少しぐらい遅れても、待っててくれるだろう」

と、ちょうど十二時を指す時計を見た……。


倉庫の入り口まで来て、速水香里《はやみかおり》は、誰かがついてきていないか、振り返って確かめた。

──大丈夫。誰もいないわ。

あの子は、

「ひとりで来てね」

と、何度もくり返して言ったんだもの。

そう。——ひとりで来たわよ。ママ、ひとりでね。

倉庫の入り口には扉というものはない。中が細かく分かれていて、それぞれにドアがついているのだ。

入り口から中を覗くと、速水香里は、

「——寿子《としこ》。——いるの？」

と、呼んでみた。

声が、ワーン、と倉庫の中に響く。天井《てんじょう》が割合に高いのである。

返事はなかった。

少し早かったかしら？　でも、ちょうど十二時くらいのはずだけど。

香里は、真っ暗な倉庫の中へ、ゆっくりと足を踏み入れた。懐中電灯でも持ってくれば良かったわ、と思ったが、今さら取りには戻れない。

夫に気付かれないように、そっと出てくるだけでも、楽じゃなかったのだ。今夜に限ってＴＶなんか見て、なかなか床《とこ》へ入らないんだから！

政之《まさゆき》のほうは、もうさっさと寝てしまった。子供は、ぐっすりと眠って、そう簡単には目を覚まさないだろう。夫のほうがちょっと心配だったが、何とか起こさずに出てくることができた。

どこへ行くんだ、と訊かれたら、困ってしまうところだった。まさか——寿子に会いに行くのよ、なんて言えやしない。

あの人は信じやしないわ。寿子が、話しかけてきた、と言ったたって。

香里は、ちょっと肌寒いような感じがして、身震いした。外はまだ少しむし暑いくらいなのに……。

でもあの子は――寿子は、水の底で、いつも冷たい思いをしているのかもしれない。

ごめんなさいね。あなたを置いてきたくはなかったんだけど……。

――寿子は五年前、七歳で死んだ。下の政之がまだ五歳で、手がかかったので、何とか香里は立ち直ることができたのである。

あの村の中で、速水と香里のような若い夫婦は珍しかった。みんな、都会へ出ていってしまうからだ。

そんな中で、速水勝之《かつゆき》は、頑張って農業をやってきた。そして、香里も、そんな夫と結婚したことを、誇りに思っていた。

しかし――寿子が、ほんのちょっと目を離した隙《すき》に、古い井戸に落ちて死んだ時、香里は、自分たちも村を出ていれば良かったのだ、と思った。そうすれば、寿子も、あんなことにならずにすんだ。

そして、ちょうどそこへ、村がダムの建設で、湖の底になる、という話が……。

もう少し早く、あの話が来ていたら、一家でこの団地へやってきて、楽しく暮らしていただろう――。でも、もう寿子は戻らない。

――香里は、冷たい空気と一緒に、何か生ぐさい臭《にお》いに気付いて、顔をしかめた。

誰か倉庫の中に、腐るものでも入れたんじゃないかしら？　本当に非常識な人っているものなんだから……。

その時だった。――昼間聞いたのと同じ、あの可愛い声が、

「ママ……」

と、呼んだのである。

「寿子！　――寿子、どこなの？」

と、香里は、周囲を見回した。

「出てきて、寿子。ママひとりよ。――ね、出てきてちょうだい」

昼間、台所の用をしていて、寿子の声を聞いた時には、自分がどうかしてしまったのかと思ったものだ。

でも、今、こうして本当に……。

「ママ……。こっちよ」

暗がりの奥に、何か動く小さな影が見えた。

「寿子。――寿子なのね？」

香里は、そろそろと進んでいった。

暗がりに少し目も慣れたのだろう。小さな姿が、何となく見分けられた。

「ママ……」

と、その影が言った。

「寿子！　こっちへ来て！　ママによく顔を見せてちょうだい！」

香里は手をさしのべた。

あの「生ぐさい臭い」が、香里を包んだ。寿子の臭い？　――まさか！

「ママ……。会いたかった？」

「もちろんよ！」

「私も……会いたかった」

その影が、ゆっくりと大きくなり始めた。

いや、小さく見えたのは、それが膝《ひざ》をついて、小さく見せていたからなのだ、と香里は気付いた。

寿子じゃない！　これは――これは――。

その影は立ち上がり、見上げるような高さになって、香里の上にかぶさるように――。

「――どこにいるっていうの？」

と、江田信夫が言った。

「さあ、倉庫だよ」

「分かっとる」

と、江田房哉は言って、

「ここで待ってると……。うめ子。——おい、うめ子、いるのか?」

暗い倉庫の中に、声が反響した。

「懐中電灯、持ってきたよ」

と、信夫が点《つ》けて、丸い光が倉庫の中をぼんやりと照らす。

「——あそこに何かあるぞ」

と、房哉が言った。

「どこ?」

「今、照らした所……。ほら、あのドアが開いた向こうに」

「そうだね。——父さん、ここにいて、見てくるよ」

「しかし、うめ子なら——」

「母さんなら、僕にだって、会ってくれるさ。そうだろ?」

信夫は、懐中電灯を手に、倉庫の奥へと歩いていく。——房哉は、何か不自然な肌寒さを覚えて、身震いした。

あれは、やはり幻聴《げんちょう》だったのか? それとも夢を見ていたのだろうか?

いずれにしても、死んだ者が生き返るなんてことが——。

信夫がバタバタと駆け戻ってきた。

「どうした?」

「父さん……。あそこで……女が……女が……」

信夫はガタガタ震えていた。

「おい！　どうしたんだ、おい！」

房哉は、息子が真っ青になって、その場に座り込んでしまうのを、呆気《あっけ》にとられて、見ていたのだった……。

保養所の客

「へえ」

と、みどりが言った。

「なかなか洒落《しゃれ》てるじゃないの。私、もっとひどいとこかと思ってた」

「ちょっと、みどり」

と、千代子《ちよこ》がつついて、

「失礼でしょ。クロロックさんのお世話で、泊めてもらうのに」

「そう?」

みどりは、正直こそが最良の生き方、という信念（ってほどのものじゃないが）を持っている。

しかし、実際、その保養所は、ちょっとしたシティホテル風のモダンな建物で、やや垢《あか》抜けないところはあったが、かなり「ボロ」じゃないか、と予想していたみどりたちをホッとさせたのである。

「──車、ガレージに入れてきたよ」

と、エリカがボストンバッグを両手にさげて、やってくる。

「みどり、ひとつ持ってよ！　みどりだけ車を運転しなかったんだから」

「免許持ってないんだから、しようがないでしょ」

と、みどりは言った。

「やっぱり涼しいわねえ、山のほうへ来ると」

と、涼子《りょうこ》が虎《とら》ちゃんを抱っこしてやってくる。

「ほら、虎ちゃん、自分で歩いて。お母さん、お荷物があるんだから」

「あ、私、運びますよ」

と、千代子が言った。

「あら、ごめんなさい」

千代子は、何でもきちんと片付けるのが好きで、むだな物はもって歩かないので、自分の荷物はいたって少ないのである。

クロロックは？　──もちろん、両手にふたつずつ、ボストンバッグだの紙袋だのをさげ、肩からもバッグを三つかけてフーフー言っていた！

「おい！　誰か助けてくれ！」

「はいはい。待っててよ」

と、エリカは笑って、

「これを、ともかく中へ置いてきちゃうから」

保養所の玄関を入って、エリカは、

「すみません！　――ここに荷物置かせてください」

と、大きな声で言った。

「はい」

と、出てきたのは、エリカたちと同じくらいの年齢らしい、若い男で、

「そこ、置いといてください。――黒六さんですね」

電話で〈クロロック〉と説明するのは、むずかしいのだ。

「ええ。ふた部屋、お願いしてあると思うんですけど」

「ええ、取ってあります。荷物、運びましょうか？」

なかなか、こまめによく動く若者で、サンダルを引っかけて、外へ出てきたが、そこで千代子と危うくぶつかりそうになった。

「あ、ごめん！」

「いえ――大丈夫」

と、千代子は言ってから、その若者を見て、

「何よ！　木原《きはら》君じゃない！」

と、目を丸くした。

「何だ。――千代子か」

「何してんの、こんな所で？」

「うん……。ちょっと、わけがあって、ここでアルバイトしてる。といっても、今日からだけどね」

「確か――キャンプに行くとか、言ってたんじゃない？」

「そうなんだ。三人で来たのさ、この近くまで。でも、そこで、とんでもないことに出くわしてさ。他のふたりは逃げて帰っちゃった。僕だけが、残ってるんだ。どうしても、確かめたいことがあって」

「いったい何があったの？」

と、千代子が訊《き》くと、

「――すまんがな」

と、荷物だらけになって突っ立っているクロロックが言った。

「この荷物を全部運んでからにしてくれんかね、話は」

「あ、すみません！」

若者は頭をかいて
「僕、木原哲郎《てつろう》です。――さ、荷物……。凄《すご》い荷物ですね」

「うちのカミさんの着るものだけでも、ふたつもあるんだ」

と、クロロックは、涼子が虎ちゃんと一緒にさっさと先に中へ入ってしまったのを見て、言った。

「部屋は広いですから。——さ、どうぞ」

木原哲郎が、荷物を両手に、先に立って入っていくと——エリカとみどりは、千代子を両側から挟んで、

「ちょっと！　何よあれ？」

「隠してたのね！」

と、責め立てた。

「そんなんじゃないわよ！　塾で知り合ったの。ただのボーイフレンドよ」

千代子が赤くなっている。

「後でたっぷりとっちめてやる」

と、エリカは言って、みどりとしっかり肯《うなず》き合ったのである……。

「——こんなわけなんだ」

と、木原哲郎は言って、肩をすくめた。

「笑っていいんだよ。いかれてるんじゃないの、って」

しかし――誰も笑わなかったのである。

「木原君が、嘘《うそ》つくなんて、私思わない」

と、千代子が大真面目《おおまじめ》に宣言すれば、みどりも、

「そうよ。面白いじゃない。私も見たかった！」

と、勝手なことを言っている。

しかし、エリカのほうはもう少し深刻に、話を受けとめていた。

「木原君――だっけ。その場所、どのあたりなの？」

と、訊く。

「うん。山道を歩いて、二時間ぐらいかな。でも、僕自身、あれが本当に起ったことなのかどうか、信じ切れないんだよ」

若い三人組と、木原哲郎は、保養所の一階にあるラウンジで、アイスコーヒーを飲んでいた。

クロロックは部屋で虎ちゃんを昼寝させているはずである。

「怪談ね。でも、本当だとして……いったい何が起ったのかしら？」

と、千代子が言った。

「僕も、それが知りたかったんだ」

と、木原が肯いて、

「だから、ひとりでここに残ることにしたんだよ。金がなかったんで、アルバイトに雇ってもらってね。他のふたりは飛ぶように東京へ帰っちゃった」

「君は立派だ」

と、突然声がした。

「お父さん！　聞いてたの？」

クロロックが、四人のほうへやってきた。

吸血鬼はだいたい寒い地方に住んでいたので、暑さには弱い。――クロロックも、いつものトレードマークのマントは、さすがに夏はつけていなかった。

吸血鬼らしくない、と言われても、吸血鬼がアセモなんか作るよりはまし、、だろう。

「奇妙なこと、と聞いたのでな。――若者たちの邪魔をしたくはないが、聞かせてもらった」

と、席に加わる。

「どこで聞いてたんですか？」

と、木原が不思議そうに訊く。

「あっちのロビーだ」

木原は目をパチクリさせている。――もちろん、クロロックの耳が特に鋭いことを、知らないからである。

「お父さん――」

「木原君、その出来事があったのは、いつのことだね？」

「おととい の夜です。何だか――ずっと前のような気もします」

「月が恐ろしくまぶしかった夜か？」

「ええ、そうです！　――そう、まぶしくて目が覚めるくらいで……。何が起こってもおかしくない、そんな気のする夜でした」

と、木原は言った。

「でも――怖かった。墓石が転がり落ちてきたり、誰もいるはずのない家に明かりが灯《とも》ったり……。体が震えます、今でも」

「当たり前よ。私なら失神してる」

と、千代子が言って、木原の手を握った。

「勇敢ね、木原君って」

「いや……。そうでも……ないけど」

エリカとみどりは、しらっとして、ふたりから目をそむけた。

「――エリカ」

クロロックは立ち上がると、

「ちょっと来い」

「なあに？　おこづかいくれるの？」

「何を言っとる。こっちがもらいたいくらいだ。いや、そんなことはどうでもいい」

クロロックは、エリカをロビーへ連れ出して、

「今、あの男の話を聞きながら、新聞のつづりを見ていたのだ。――今朝の新聞だ。見ろ」

と、クロロックが社会面をあける。

〈団地で主婦、惨殺《ざんさつ》さる！〉

という大見出しが目に飛び込んできた。

「へえ、気の毒に――。でも、これが何か？」

「よく読んでみろ」

エリカは、記事に目を通した。――顔がこわばってくる。

「喉《のど》を裂かれて……。体内の血がほとんどなくなっていたって……」

「奇妙な殺人だろう。どんな変質者も、そんなことはせん」

クロロックは、深々と息をついた。

「どうやら、おとといの夜、私が感じたことは、錯覚ではなかったらしい」

「じゃあ……。どこかに吸血鬼が？」

「しっ！」

と、クロロックは首を振って、

「現場はこの近くだ。妙なことを話していて聞かれると、誤解される」

「そうね。用心しないと」

「もし——その犯人が、我々の一族の誰かだとしたら、何とかして次の犠牲者《ぎせいしゃ》の出るのを食い止めなくてはならん」

「できる?」

「それには、まずどこにいるのか、見つけ出すことだ」

クロロックは、眉《まゆ》を寄せて、

「涼子には黙っていてくれ。——大きな危険を伴うかもしれん」

と、言った。

「分かったわ」

エリカは肯いた。

「体内の血をすべて、か……。よほど長い間、血にうえていたと思っていいだろう。人間ひとり分では、とてもすむまい」

「この団地へ行ってみる?」

「その必要はある。しかし、その前に——」

「木原君の言った湖底の村を見に行くのね」

「その通り」

クロロックは肯いた。

「まだ時間はある。昼間のほうが、調べるには安全だろう」

「一緒に行くわ」

「うむ。――ともかく場所を確かめ、必要なら、夜、お前とふたりでもう一度行くことになる」

「了解」

エリカは微笑んで、肯いた。

そこへ、木原たちが出てきた。

「――エリカ」

と、千代子が言った。

「これから、私たち、その湖の所まで行ってみようと思うんだけど」

「ええ？　みんなで？」

「上から見るだけ」

と、みどりが言った。

「そんなの、めったに見られないしね」

「僕も、夜は案内する気になれないからね」

と、木原が言った。

「分かった。——では、みんなで行くとするか！」

クロロックが立ち上がった。いつもの、穏やかな笑顔の奥に、ある深い覚悟のようなものが秘められているのを、エリカは、見てとっていた……。

「——どこへ行くの？」

と、声がした。

「涼子。——虎ちゃんは？」

「ちっとも寝ないの」

見れば、母親の後から、虎ちゃんがトコトコついてくる。

「少し運動させなきゃ。散歩なら、一緒に行きましょ。ね？」

エリカとクロロックは、顔を見合わせた。だめ、と言えば、わけを話さなくてはいけないだろう。

「かなり歩くぞ」

と、クロロックが言うと、

「いいわよ。あなたが虎ちゃんをおんぶすりゃいいんですもの」

涼子は、アッサリと言った……。

迫る影

　エリカたちが保養所を出て、十分ほどしてから、一台の古ぼけた車が、玄関前に停《と》まった。

「――すみません」

　と、保養所の責任者の老人が、ちょうど車を見て、出てきた。

「正面に停められると困るんですが」

　車から降りてきた男は、くたびれた背広に、ノーネクタイ。浅黒く日焼けして、首がずんぐりと太い、がっしりとした体格だった。

「何かご用で？」

　と、老人が訊《き》くと、男は、

「一色《いっしき》って者だ。県警の」

　と、手帳を見せた。

「こりゃどうも……。ご苦労様です」

と、老人はあわてて頭を下げた。

「冷たいものでも？」

「そうだな。一杯もらおうか」

一色というその刑事、玄関から上がると、ロビーのテーブルに置かれた新聞へ目をやって、

「見ただろう？　この団地の殺人？」

「――ええ。ひどいもんですねえ」

と、老人は冷たい紅茶を持ってくる。

「まだ若い母親だ。哀れなもんさ」

と、一色は言って、紅茶をひと口飲んだ。

「――うまい！　しかし、これはただの変質者の犯行じゃない」

「はあ」

「失血死。――それも、死体のあたりに、ほとんど血が流れていないんだ。妙な話だよ」

一色は、ロビーのソファに座った。

「それでこうしてあちこち訊いて回ってるわけさ」

「私どもでお役に立つことでも？」

「今、客は？」

「四組ほど。――今日、五人連れ――お子さんを入れると六人ですが。そのお客が一番新しいです」

「そうか。――別に客の中で、変わった人間はいないかね」

一色の訊き方は、淡々としていた。

「特別に……。みなさんご家族が多いですしね。――まあ、しいて言えば、今日のお客がおひとり、外国の方ってことぐらいでしょうか……」

「外国人か。――どこの国の人間かね」

「さあ……。日本語がとてもお上手で。奥様は日本人ですし。とても紳士、という感じの上品な方です」

「ふむ……」

一色は、紅茶を飲みほして、

「今、いるかね」

「いえ、ついさっきみなさんで、お散歩に。夕方までかかると――」

「部屋は？」

「二階ですが……。どうしてです？」

「荷物は置いてあるな」

「そりゃもちろん」

「調べてみる」

と、一色は立ち上がった。

「それは——しかし、無断では——」

「心配するな。調べたと分からないようにやるよ」

一色の言い方は穏やかだが、有無《うむ》を言わせぬものがあった。

「案内してくれ」

「はあ……。でも万が一、お客様から——」

「文句を言われたら、俺が聞くよ。さ、行こう」

一色が、ポンと老人の肩を叩いて、階段のほうへ、さっさと歩きだした。


「——やれやれ」

クロロックは、虎《とら》ちゃんが背中で眠ってしまったので、暑いこと暑いこと……。

「おい、エリカ、代わりに抱っこしてくれんか？」

「ええ？　だって——もう少しよ。頑張って！」

エリカだって、本当に「もう少し」なのかどうか、知りゃしないのである。

母親の涼子《りょうこ》のほうは、

「いいわねえ！　緑の風。小鳥のさえずり。都会にないものがあるわ！」

と、ひとりで感動している。

「――お疲れさま」

と、先に立って歩いていた木原《きはら》が足を止めて、振り向いた。

「着きましたよ」

エリカは、干上がった湖を見渡して、

「――凄《すご》い」

と、言った。

そうとしか言いようがなかった。

強い日差しの中で、その村は、まるで普通に人が住み、生活しているかのように見えた。

「オモチャみたい」

と、みどりが言った。

「でも、つい五年くらい前には、あそこに人が住んでいたんだ」

と、木原は言った。

「――お父さん、どうする？」

と、エリカが言った。

「うむ。――まだ明るいな、しばらくは」

クロロックは、涼子のほうへ、

「おい、ちょっと虎ちゃんを頼む」

「あなた、どうするの？」

「下へ下りてみる」

「私も行く」

「いかん」

クロロックはきっぱりと言った。

「ここにいるんだ。――分かったか？」

クロロックが、こんな言い方をすることは珍しい。涼子は肯《うなず》いて、眠っている虎ちゃんを、受け取って抱っこした。

「――行ってくる。エリカ、お前は……」

「行くわよ」

と、エリカは言って、父と一緒に斜面を下り始めた。

そう歩きにくいこともなかった。――下は、泥だったのだろうが、今は完全に乾いてしまっている。

「何か感じる？」

と、村へ近付くにつれ、父の表情が厳しくなるのに気付いて、エリカは訊いた。

「うむ……。霊を感じるな」

「霊？　吸血族の？」

「いや、普通の人間たちのだ。しかも、何人もが、このあたりを、さまよっているようだ……」

クロロックは、澄んだ空気を見回している。

――村は、もちろん長い間水底にあったので、崩れかけたりしているが、意外に、元の面影《おもかげ》をとどめていた。

「木原君の言った通りね」

と、以前は村の中心になる道路だったに違いない、家々の間を歩きながら、エリカは言った。

「あの若者が見たこと、聞いたことは、夢でも何でもない。実際にあったのだ」

「どういうこと？」

「この村に残った者がいたのだ」

「残った、って……。沈んじゃったのよ」

「たぶん、墓の中に残された霊が、何かのきっかけで、さまよい出てきたのだろう」

「それで墓石が――」

「明かりがつき、おはやしが聞こえたというのも、その霊たちの〈記憶〉のせいだ」

クロロックは足を止めた。

墓石がいくつも転がっている。

「重そうよ」

「うむ……。誰か、恐ろしい力の持ち主が、墓石を動かし、中の霊をとき放ったのだ」

「何のために？」

「それは分からん。——しかし、もし我々の一族の者なら、その霊を、自分の思い通りに使うことができるかもしれん」

エリカはゾッとした。強い日差しの下なのに。

「あれは何だ？」

クロロックが目を留めたのは——神社だった。

「神社じゃないの」

「それは分かっとる。しかし……。見ろ。あの石を」

人間の背丈《せたけ》ほどある、どっしりと重そうな石が、横倒しになっている。その石は、よく見ると、十字架の形に削《けず》ってあった。

「——見ろ」

とクロロックは、その石の所まで行って、

「石の倒れたあとを。——深い穴が掘ってある」

「何なの？」

「ここに……おそらく、何かが埋められていたのだ。そしてこの十字の形の石で、上をふさいだ。しかし――湖底に長くあったせいか、この石の足下《あしもと》がゆるんで、石が倒れた。そして、その何かが地上へ現れたのだ」

「そして……」

「墓地の墓石を次々に倒し、霊を手中にした……。あの若者は運が良かったぞ」

「木原君のこと？」

「他のふたりもだ。――三人とも、あの主婦と同じことになっていたかもしれん」

クロロックは、ため息をついた。

「ここへ戻っていないな。何の臭《にお》いもしない」

「じゃ、どこかに隠れてるの？」

「おそらく。――人間を襲う機会を、待っているだろう。その前に、何とかしなければ」

ふたりが、その深い穴を覗《のぞ》き込んでいると、

「どうしたの？」

と、声がした。

「みどり！　来たの？」

「千代子《ちよこ》たちも来たよ」

千代子と木原も、少し遅れてやってくる。

「もの好きねえ」

「お互いさまでしょ」

クロロックが、

「涼子たちは?」

と訊く。

「虎ちゃんとふたりで待ってますって」

「そうか……」

と、クロロックは肯いて、木原のほうへと歩いていった。


「――虎ちゃん。目が覚めたの?」

「ワア」

「はいはい」

涼子は、虎ちゃんを下ろして、ホッと息をついた。

「早く戻ってくりゃいいのにね」

と、涼子は呟《つぶや》いた。

虎ちゃんとふたりで、この斜面を下りていくわけにはいかない。

でも——こうして風に吹かれていると、日差しは強くても、気持ちがいい。今夜はお腹《なか》が空《す》いてたくさん食べられそうだわ。

「虎ちゃん！　あんまり遠くへ行かないで」

と、涼子は声をかけて……。

ふと、変な臭いに気付いた。妙に生ぐさいような……。

何だろう？　——虎ちゃんが、地面にしゃがみ込んで、木の枝を手にとって、遊んでいる。

「お手々が汚れるわよ。——ほら」

ハンカチを出して、小走りに駆けだした涼子は、足下の石につまずいた。

アッと思う間もなく、うつ伏せに転んだ涼子は、ちょうど頭ほどの大きさの石に、額《ひたい》を打ちつけてしまった。

「痛い！」

目がくらんだ。——思いのほか、ひどく打ちつけたらしい。

頭がボーッとして、目の前が暗くなった。

暗く？　——どうして、こんなに暗くなったの？

——メリメリ、と木の枝が折れる音がした。

誰かが、涼子のほうへやってくる。

涼子は、頭を上げようとして、めまいがした。——足音だ。
誰だろう？　クロロックでも、エリカでもない。
あんな、重く、引きずるような歩き方はしないわ……。
生ぐさい、あの臭いが、強くなった。
影が、涼子を覆《おお》った。
——虎ちゃんが、遊んでいた手を止めて、振り向く。
涼子は、ゆっくりと体を起こした。何かがすぐそばにいる。
振り向こうとした涼子の頭を、それが一撃した。
涼子は投げ出されるように倒れ、そのまま気を失った。
それは涼子のそばに膝《ひざ》をつくと、かがみ込んで、涼子の白い首筋へと手をのばした
——。

幻の人

それは血を必要としていた。

血が好きだったとか、人間の喉《のど》が渇《かわ》くように「血を飲みたかった」とか、血の匂《にお》いにひかれたとか……。そんなこととは違っていた。

人間が、空気の薄い高空で必死に酸素を求めるように、また何日もさまよい歩いた砂漠で、水の一滴を求めるように、血を必要としていたのである。

長い長い年月の後に目覚めた時、それは自分が干上がって、乾き切っていることに気付いたのだった。早く――早く、血を。

そうしなくては、ひからび、ミイラとなって、やがて土くれと化してしまうだろう。

ゆうべの女。――あのひとり分の血では、とても、それの渇きをいやすことはできなかった。砂漠に水をまくように、飲み干した血はアッという間に、体の隅々に吸い込まれて……。

しかし、ともかくも、それは息をつく間を得たのだった。

後になって考えると、いささか軽率だった。あんな死に方は不自然極まりない。

おそらく、人間の疑惑を招くだろうが、しかし、真相を想像することさえ、並の人間たちにはできっこない。その点は安心していい。

この次からは用心して。――喉の傷にしても、何か他の傷とも見えるような細工をし、血も、怪《あや》しまれない程度には残しておく必要があるだろう。

同じような死に方をする人間があまり続くと、やはり世間の注目をひくことになる。それは極力避けなければ……。

いや、さし当たりは仕方がない。ともかく、かつてのような「力」を取り戻すまでは、手当たり次第に――。

人間たちが怪しみ始めるころには、おそらく充分に力をたくわえて、どこか山奥へ姿を隠すことができるだろう。

さあ、ふたり目だ。――今度はもう少し味わって、飲んでやれるだろう。

それは、気を失って倒れている女の喉をむき出しにして、鋭く爪《つめ》ののびた手を、そっと触れた。その爪は凶器のように人間の脆《もろ》い肌を切り裂くことができる。長く土中に埋まっていたせいで、爪はまだ、泥で汚れていたが、それも血で洗い落とされることだろう……。

若い女だ。――若々しい血こそ、最高のエネルギー源である。

さあ、この爪で真一文字に切り裂いてやるか、それとも、鋭い牙《きば》でかみつくか……。若い女の上に、かがみ込んだ時だった。

「ウーッ！」

という甲高《かんだか》い声を耳にして、それは振り向いた。

小さな子供が——おそらくこの女の息子だろう——両足をふんばって、じっとこっちをにらみつけている。柔らかそうな頬が真っ赤になっていた。

どうやら、自分の母親が何か危ない目にあっていることは分かるらしい。なかなか感心に、その子供は泣きだしもせず、逃げもせずに、母親を守ろうとしているらしかった……。

お前に用はない。そんな子供の体では、血も少ないし、味もたいしたことはない。それに、子供が死んだとなると、人間は怒りくるうものだ。

ちょうど、トランシルバニアを追われた時のように……。狼《おおかみ》が人間の子を襲ったのを、人間たちは「あいつら」のしわざだと信じ込んだ。そして、力を合わせて襲いかかってきたのだ。

さあ、向こうへ行け。お前の母親はもう俺のものになるんだ。

——それは牙をむき、女の上にかがみ込んで、白い喉に牙の先端を食い込ませようとした。

その時――。

ガッ！　激しい痛みが、それを飛び上がらせた。――何だ！　どうしたというんだ！

啞然《あぜん》として、それは自分の足首の傷を見つめた。かみつかれたのだ！

いったい誰が？

容易には信じられないことだったが、他には考えようがなかった。この子供だ。

この子が、足首にかみついたのだ！

何ということだ！　――その子供を見下ろした時、それは愕然《がくぜん》とした。

こっちを見上げる怒りの目。母親に乱暴しようとした、悪い奴にかみついた、その子供の勇気。

しかし、本当にそれを驚かせたのは……。

まさか！　――まさか、そんなことが！

この子が……吸血族の一員だ、などということがあるだろうか？

それは、しばらくの間、じっと自分をにらんでいる幼い子供と、気を失って倒れている女を交互に見て、ためらっていたが、やがて思い切った様子で、風のように木立の中へと姿を消した。

「涼子《りょうこ》！」

斜面を上がってきたクロロックは、涼子が地面に倒れ、虎ノ介《とらのすけ》がそのそばに座っているのを見て、青ざめた。

「涼子！　――どうした！」

「どうしたの？」

クロロックについて上ってきたエリカも、びっくりした。クロロックが駆け寄って抱き起こすと、涼子は目を開け、

「あなた……」

と、呟《つぶや》くように言った。

「気が付いたか！　どうした？」

「虎ちゃん……。虎ちゃんは？」

あんまりすぐ近くにいたのでかえって目に入らなかったらしい。思わず金切り声を上げたのは、やはり母親としての愛情からだろう。

「ここにいるわ」

と、エリカが、虎ちゃんを抱っこする。

「良かった！」

涼子は、大きく息をつくと、

「でも……どうしたのかしら、私？」

「気を失っていたぞ。それに……この喉のかすかな傷は？」

「傷？　――別に痛くないけど。そういえば何かがやってきたみたいだった」

「何かが？」

「ええ……。頭をガツンとやられて、気を失ったんだわ。きっとそう」

涼子は肯《うなず》きながら言った。

「でも、別に何ともないみたい」

エリカは、しかし、奇妙な、生ぐさい臭《にお》いを、かぎ取っていた。エリカでも分かるのだから、もちろんクロロックに分からぬはずはない。しかし、なぜかクロロックは何も言わなかった。

「ともかく、宿へ戻ろう」

クロロックはヒョイと涼子をかかえ上げて言った。

「エリカ。虎ちゃんを頼むぞ」

「うん」

エリカたちが歩きだすと、もちろん一緒に戻ってきていた、千代子《ちよこ》とみどり、そして木原哲郎《きはらてつろう》の三人は顔を見合わせた。

「――いいなあ、ああいうのって。やっぱり、男って感じよね」

と、みどりが首を振った。

「何のこと？」

「奥さんをヒョイ、とかかえてさ。日本の男じゃ、あんな力ないでしょ」

「何を感心してんのかと思えば」

と、千代子は苦笑した。

「あら、じゃ、そちらの方《かた》は、あんな真似《まね》できる？」

と、みどりが木原のほうへ冷やかすような目を向けた。

「僕？」

と、木原は一瞬詰まったが、

「そりゃ――できるとも！　それぐらい、どうってことないよ！」

「やめなさいよ」

と、千代子が顔をしかめる。

「いや、僕だってやれるんだってところをね、君にも見せときたい」

「ちょっと。――何してんの？　スカートいじらないで！」

「君を抱き上げるんだ」

「馬鹿ね。そんな――。ちょっと！」

「やっ！」

かけ声とともに、木原は千代子をかかえ上げると、

「どうだ？　ぜんぜん平気だろ！」

「手が震えてない？」

「気のせいだよ。行こう！」

木原は顔を真っ赤にして、千代子をかかえて歩いていく。——みどりは、自分がたきつけておいて、呆《あき》れたように、

「よくやるわ」

と呟くと、肩をすくめて歩きだしたが……。

ふと、みどりは「誰かに見られている」と感じた。——珍しいことである。みどりは、どっちかというと、そういう点、やや鈍《にぶ》いほうだ。

足を止めて、振り返る。少し離れた木立の間に、黒い影がサッと動いたような……。

気のせいだろうか？

ほんの一瞬だったけれど……。

「——みどり！　何してんの？」

と、千代子の呼ぶ声がした。

「今行く」

みどりは、千代子たちの後を追って、また歩きだしたのだった……。

江田房哉《えだふさや》は、ベンチに腰をおろしたまま、ウトウトしていた。

団地の夏は暑い。ともかく緑も少ないし――それなりにきれいに配置されているけれども、それは自然の姿ではない。子供が、ままごとか何かやりながら、ズラッと並べてみせて、

「ね、きれいでしょ？」

と、言っているみたいだ。

ともかく、今はこのベンチの場所が一番涼しい。――江田房哉は、経験でよく知っていた。

ちょうどこの時間には日かげになって、風が抜けていくのである。日に一度くらいは外へ出ないとね……。

それにしても、と半ばまどろみながら、江田房哉は思っていた。あの声は何だったんだろう？　確かに、死んだ女房、うめ子の声に違いなかったのだが。

その声の言う通りに行ってみたら、そこには、速水香里《はやみかおり》の、無残な死体があった。いったい何が起こったんだろう？

速水一家も、あの村の出身で、ダムで村が水没する時に、出てきたのである。房哉も、殺された香里のことはよく知っていた。

そう。確かあの夫婦は、上の女の子を亡くしていたんだっけな。今度は母親が……。

まったく可哀《かわい》そうなことだ。

「――失礼」

と、声がした。

「江田さんですな」

房哉は、やっと目を開けた。――見たことのない、ずんぐりした、目つきのあんまり良くない男が立っている。

押し売りかな？　しかし、押し売りってのは、たいてい家へ来るもんだ。

「どなたですか？」

「江田房哉さん？」

「私ですが……」

「県警の一色《いっしき》といいます。よろしいですか」

「ああ。――どうぞ」

と言った時には、もうその刑事は、房哉の隣に座っていた。

「この団地で起きた殺人事件を調べていましてね」

と、一色刑事は言った。

「ああ、まったく怖いことですな」

と、房哉は肯く。

「速水香里さんをご存知でしたか」

「知っとりましたよ。同じ村の出身ですからな」

「なるほど。——ところで、速水香里さんはこの団地の倉庫の中で殺されていたわけですが」

「はあ」

「通報してくれたのは、江田信夫《のぶお》さん。あなたの息子さんですか」

「そうです」

「電力会社へお勤めで」

「そう。——確かそうでしたな」

「なかなか会社でも有望株でいらっしゃるらしい。上司の評価も悪くありませんでしたよ」

「そうですか。そりゃどうも」

息子のことを褒《ほ》められれば、房哉も嬉しい。——もちろん、刑事がなぜ会社まで行って、息子のことを聞いてきたのか、そんなことは考えもしなかったのである。

「しかし。ひとつ分からないことがあるんですがね」

と、一色はさりげなく言った。

「それは、あんな時間に、息子さんがなぜあそこへ行ったのか、ということなんです」

「それは——」

「いや、本人は、ちょっとしまいたい荷物があったから、とおっしゃってるんですがね。もちろんその通りかもしれません。しかし、息子さんは、死体を発見した時、ひとりだったとおっしゃってます。だが、私が聞き込んだところ、あなたもその時ご一緒だった、という人がいたんですよ」

房哉も、信夫から聞いていた。

「父さんも、刑事からあれこれ訊《き》かれたりするのはいやだろ？　僕ひとりで見つけたんだってことにしとくから。いいね？」

と、言いふくめられていたのだ。

しかし房哉は少々不満だった。——嘘《うそ》をつくのは良くない。人間、正直が一番だ。

「いかがです？」

と、一色が訊いた。

「ええ……。私もおりましたよ」

「ほう」

「というより、私が行ったんです。それに信夫がついてきて……」

「すると、あなたはどんなご用で？」

「私は女房に会いに行ったんです」

「奥さんに？　しかし、なぜあんな場所で？」

「女房が言ったんです。あそこで待ってるから、と」

「夜中にですか。――奥さんはどちらにお住まいで？」

「あ、の世ですな」

一色は目を見開いた。

「つまり――」

「ええ、亡くなって、あの湖の底に……。墓が水の中なんてのは、可哀そうだと思いませんか？　それでいつも写真と話をしていたんですが……」

「お義父《とう》さん」

鋭い声が飛んできた。

「何してるんですか」

弘子《ひろこ》だった。房哉は、

「や、買い物の帰りかね？　――ああ、嫁の弘子です。こちらは警察の……何とおっしゃいましたかね？」

「義父《ちち》に何のご用？」

弘子は、一色刑事のほうへつめ寄って、

「関係ないじゃありませんか！　勝手なことをしないでください」

かみつかんばかりの勢い。一色は、たいしてこだわる気配もなく、

「いや、なに、参考までに、お話をうかがってたんですよ。――じゃ、お邪魔しました」

と、立ち上がると、足早に立ち去った。

「お義父さん、もう戻りましょう」

弘子の口調は、有無《うむ》を言わせぬものだった。

「ああ……。しかし、あんなにきついことを言わなくても――」

「お義父さん」

と、弘子は遮《さえぎ》った。

「刑事さんに何を訊かれても、何も知らないと言うんですよ」

歩きながら、弘子は言った。

「しかし……」

「信夫さんのためなんです。――いいですね?」

「ああ……。分かったよ」

「じゃ、先に戻っててください。私、咲子《さきこ》を預けてあるので迎えに行ってきます」

弘子はタッタッと歩きだして、それから思い出した。「先に戻っててください」と言って……。義父には鍵《かぎ》を持たせていないのだ。

まあいい。ドアの前に立って待ってるだろう。何分でもないのだ……。

弘子は、足を止め、それから、

「お義父さん！」

と、呼びかけて、房哉を追いかけていった。

「——何だね？」

「鍵がないでしょ。——これで入っててください」

財布から、弘子は鍵を取り出し、義父へ渡した。房哉は、それを握りしめると、

「——ありがとう」

と、言った。

弘子も、義父を好いている。——とてもいい人なのだ。そう、本当にやさしい人。

それだけに、夫が、実の息子のくせに、いやに義父に対して辛《つら》く当たるのを、弘子は重苦しい気持ちで見ていた。

もちろん、夫にも立場がある。あのダムを作って、村を湖底に沈めた、その電力会社に、信夫は勤めているのである。当然、ダム建設のために、信夫はずいぶん駆け回り、村人を説得した。

その業績が認められて、信夫は課長になった。——そこへ今度の事件だ。

速水一家も、あの村を出てきた人たちである。もちろん、そのことと、殺人事件とは何の関係もないだろう。

信夫が心配しているのは、父親が、あちこちで亡妻の声を聞いた、としゃべって回ることだった。はた目には「ぼけた」と見えるだろう。

そういう父親をかかえていることを、信夫は会社に知られたくないのだ。――弘子は、そんな夫の気持ちに、どこか割り切れないものを感じていた……。

――咲子を連れて、弘子は家へ帰った。

玄関のドアは鍵がかかっていなかった。まあ、どうせすぐ帰るのだから、と思って、かけなかったんだろう。

玄関を入った弘子は、ただいま、と声をかけようとして、義父の笑い声を聞いた。

いや、それだけではない。もうひとり、女性の笑い声を聞いたのである。

「そうだったなあ。――あの時はあわてたもんだ」

と、房哉は言っていた。

「ねえ、あなたがあわてたところって、他にはあんまり見たことがありませんでしたよ」

女の声……。誰だろう？　「あなた」だって？

「なあ、うめ子、お前は――」

うめ子？　――弘子は耳を疑った。

その時、咲子が大声で言った。

「おじいちゃん！　ただいま！」

弘子は、声のしたほうへと歩いていって、部屋の中を覗《のぞ》いてみた……。

捜し求めて

「ここか」

と、言ったのは、木原哲郎《きはらてつろう》である。

「何となく気味が悪いわね」

と、千代子《ちよこ》が中を覗《のぞ》き込む。

確かに、殺人現場だと分かっていて、しかも奥のほうの一角には、ロープが張りめぐらしてあって、〈立入禁止〉となっている。

「入ってみましょ」

エリカが先に立って、倉庫の中へ入る。

「昼間だから入れるけど、夜中じゃ、ごめんだな」

と、木原は言って、顔をしかめると、

「いてて……」

「大丈夫？　馬鹿なことやめなさい、って言ったのに」

千代子をかかえて歩いて（ほんの十分くらいだったが）、腰を痛めているのである。

エリカは、張ってあるロープをまたいで中に入った。――確かに、凄《すご》い出血があったのだろうが、床にそれらしい汚れは、まったく見当たらない。

血の臭《にお》いも、ほとんど感知できなかった。

「――エリカ、何かあった？」

「ううん。別に何も」

クロロックが涼子《りょうこ》のそばについているというので、エリカは千代子と、そのボーイフレンド、木原のふたりを連れて、殺人現場の団地へとやってきたのである。みどりは、

「疲れたからお昼寝する」

と宣言して、グーグー眠ってしまった。

エリカたちは、倉庫から出ると、団地の風景を見回した。

「そろそろ夕方ね」

と、千代子が言った。

「何か出てくるのかな」

木原は不安そうである。何しろ、湖底の村で、明かりがついたり、おはやしが聞こえたりするのを体験しているのだから。

「夏は日が長いから」

と、エリカは言った。

そこへ、

「——ねえ、何してるの？」

と、声がした。

振り向くと、十七、八歳の女の子が、ショートパンツ姿で立っている。どことなく子供っぽい印象の顔だが、体つきはエリカよりずっと（！）大人びて見えた。

「何も」

と、エリカは肩をすくめて、

「見物に来たの。ここでしょ？」

「人殺しがあったの？　そうよ」

と、女の子は、倉庫の中を覗いた。

「凄くやさしくて、いい人だったのに……」

「殺された人を、知ってたの？」

「ええ。同じ村の人だったの。——今、ダムができて湖の底になってるけど」

エリカは、千代子とちょっと顔を見合わせた。

「じゃ、殺された……速水《はやみ》さんといったかしら」

「ええ。一家でね、あの村にいたの。上の女の子が死んじゃったのよね、村で。——お墓そのままにしてきたのを、後悔してた」

「そう……」

エリカは肯《うなず》いた。少女が腕組みして、

「私も、なの」

「あなたも？」

「あの村のお墓に……。お兄さんが眠ってるんだ」

女の子は、ちょっと遠くを見るような目になって、それから少し照れた様子で、

「私、常田加奈子《つねだかなこ》。あなた、東京の人？」

「ええ。神代《かみしろ》エリカよ」

と、自己紹介しておいてから、千代子たちを紹介した。

「私も東京へ出ていきたいな」

と、常田加奈子は言った。

「ずっとそう思ってたんだ。あの村にいたころから。こんな山の中、いやだ、って」

「そう」

「だけど……。時々山の中が恋しくなることがあるの。お兄さんがいるからかなあ」

加奈子は、エリカを見て、ちょっと笑うと、

「知らない人にこんな話して、ごめんなさい」

「いいのよ。ね、バス停どこかしら？　教えてくれる？」

「うん。分かりにくいんだ。案内してあげる」

加奈子は、先に立って歩きだした。

「――この団地には、その村にいた人、たくさん住んでるの？」

とエリカが訊《き》く。

「たいていの人はここへ越したけど、もともとたいした数じゃないもの。でも、殺された速水さんも、それを見つけた江田《えだ》さんも、村の人よ」

「偶然かしら」

「さあ……。ね、内緒よ」

足を止め、加奈子は声をひそめた。

「うん」

「村にいた人たちがね、変な噂《うわさ》、してるの」

「どんな？」

「みんなたいていは、誰かお墓に残してきてるわけね。その人たちがね、話しかけてくるって」

「死んだ人が？」

と、千代子が、一瞬青くなる。

「妙でしょ。でもね……。私もゆうべ聞いたの」

と、加奈子は言った。

「聞いたって……何を？」

と、エリカは言った。

「お兄さんが話しかけてくるのを」

「夢、見たんじゃないの？」

と、千代子が言った。

「私も、そうかな、と思うんだけど……。でも、普通に起きてる時なのよ。おかしいでしょ。そんな時に夢を見るなんて」

「そうね」

エリカは厳しい表情になっていた。

「それで、お兄さんの姿は見えたの？」

「いいえ、声だけ」

「お兄さんは何と言ったの？」

「私に会いたいって。――今夜、池のほとりで」

「池のほとり？」

「ここから裏山のほうへ入った所にある、小さな泉なの。お兄さんと私だけは、あそこ

かけてきたのがお兄さんだってことは間違いないの」

エリカは肯いた。

「でも……。加奈子さん、だっけ。——速水さんって人が殺されてるし、夜中に出歩くのは危ないと思うわ」

「でも——お兄さんが待ってる、って言ったんだもの」

と、加奈子は、口を尖《とが》らせた。

「誰か、他の人と一緒に行ってもらえば？　あなたのお父さんやお母さんも、お兄さんに会いたいんじゃないの？」

「だめよ。ひとりで来い、って言われてるんだもの」

加奈子は、足を止めて、

「あ、そこがバス停よ」

と、指さした。

「ありがとう。——あなたの住んでるのは？」

「うちはそこの三階。じゃあね」

「どうもありがとう」

エリカは、小走りに立ち去る少女へ、手を振った。加奈子は、人なつっこい笑顔を見せて、駆けていった。

「――可愛い子ね」

と、千代子は言った。

「でも、エリカ、どういうことだと思う？」

「分からないけど……。どうも、湖に沈んだ村から来た人たちが狙《ねら》われているのは、確かみたいね」

と、エリカは言った。

「死んだ人の声が聞こえる、なんてこと、あるのかな」

木原が真剣な口調で言う。――エリカは答えなかった。

木原や千代子に、何がよみがえってきたのかを、話してやるべきではない、と思ったのである。これは人間が知っても仕方のないことだ。

あくまで、吸血鬼同士で、けりをつけなくてはならないことなのである……。

月は明るかった。

あの、異様に明るかった夜に比べれば、それほどでもないが、かげになった場所でなければ、充分によく見通すことができる。

エリカは、じっと耳を澄まして、前を行く足音の方向をつかんで歩いていた。

何しろ、山道で、もちろん静かである。エリカがいくら足音を忍ばせて歩いても、はっきり姿が見えるくらい近付けば、気付かれてしまう。

そこで、少々不便ではあるが、少し間を空けて、足音を頼りについていくことにしたのである。

常田加奈子は、夜だというのに、慣れた道なのだろう、ほとんど迷うことも、ためらうこともなしに歩いていく。木立の間に、加奈子の姿は時々見え隠れする。

あとどれくらいだろう?

エリカは、少し息を弾《はず》ませた。——元気ね、あの子!

エリカは、十七歳という「若いころ」の自分を思い出して、ため息をついたのだった……。

クロロックは、涼子のそばについている。本当なら、ふたりで加奈子の後をつけたいところだが、何といっても、涼子と虎ノ介《とらのすけ》の身が心配なのだ。

もし、「それ」が再び涼子たちを襲ったりすれば、みどりや千代子も犠牲になる心配もあるのだから。それでエリカは、ひとりで常田加奈子をつけていくことにしたのである。

おそらく、加奈子に呼びかけた「兄の声」というのも、地中から現れた「吸血鬼」が、あの村の墓地から誘い出してきた霊なのだろう。

とすれば、この先で、加奈子を待ち受けているものは……。

ふと、足音が止まった。——「池」に着いたのだろうか？

エリカは、頭を低くして、そろそろと進んでいった。

木々の間を抜けて——ハッとするほど突然に、開けた場所に来た。エリカは腹這《はらば》いになって、息を殺した。

加奈子は、月の光を映す池のほとりに立っていた。月明かりの中で、十七歳の少女は、昼間見た時とは別人のように大人びて見えた——。

何をしているんだろう？　待っているのか？「お兄さん」が来るのを。

しかし、いっこうにそれらしい声は聞こえてこない。そして加奈子は、月を仰《あお》いで、まるで目に見えないシャワーを浴びてでもいるかのように、快《こころよ》さそうに、じっと目を閉じているのだった。

そして——エリカはハッとした。背後に、何かの気配を感じた。加奈子のほうに気をとられていたので、気付かなかったのだ。誰かが、後ろへ忍び寄ってきている。

一瞬の迷いが、命とりになるかもしれない。エリカは、加奈子に気付かれることを承知でパッと飛び起きると、後ろに向かって突っ込んでいった。

「ワッ！」

誰かが引っくり返った。エリカは、あんまり呆気《あつけ》なく相手が倒れてしまったので、面くらった。どうやら、例の「吸血鬼」ではないらしい。

「な、何をするんだ!」

と、男は言った。

「——あんた、誰?」

エリカは、月明かりで、いやに若く見えるその男を見下ろした。

「失礼な奴《やつ》だな! 僕は——僕は、刑事だ!」

「刑事?」

やっと立ち上がった、その若い男は、ポケットから警察手帳を取り出してみせた。

「へえ、本物なんだ」

と、エリカは言った。

「当たり前だ。——ああ痛い」

と、刑事はお尻《しり》をさすっている。

「何してたんですか、こんな所で」

「こっちが訊く立場だ」

と、刑事はムッとした様子。

「私は、あの常田加奈子って子を——」

エリカは池のほうへ目をやって——加奈子の姿が見えないのに気付いた。

「逃げちゃったのかしら。あんたが大声出すから」

「いきなり突き飛ばされりゃ大声も出すさ」

「捜さなきゃ。手伝ってくださいな」

「僕が？」

「どうせヒマなんでしょ」

と、エリカはついひと言多かったのである。

——その刑事は、水谷《みずたに》といった。まだ二十三、四だろう。どう見ても新米だ。

「私を尾行してたんですって？」

エリカはびっくりした。

「いったいどうして？」

「一色《いっしき》さんの指示さ」

「一色さんって？」

「僕のボスだ。あの団地の殺人事件を調べてる」

「あの……主婦が失血死した事件？」

「そうだ」

「でも……どうして私を？」

「一色さんが、この近くの旅館とか、あちこち当たったんだ。そして、怪《あや》しい一行を見つけたと言って――」

「じゃ……私たち一家を見張ってるの？」

「そういうことだ」

　ペラペラしゃべってしまう、この水谷って刑事も、いい加減である。だいたいあまり頭の良さそうな顔をしていない。

　しかし、自分たちが疑われているとは、エリカにとってもショックだった。

「とんでもない見当違いだわ！　ともかく――加奈子さんを見つけないと」

「どうして、あの子を尾《つ》けてきたんだ？」

　と、水谷刑事は訊いた。

「今は見つけるのが先決。――加奈子さん、昼間会ったでしょ。心配しないで出てきて。――加奈子さん」

　池のほとりへ来て、エリカは足を止めた。

　下を見ると、地面の柔らかくなった所に、加奈子のものらしい足跡がある。しかし、奇妙なことに、その足跡は、池の中へと消えている。

「何してるんだ？」

　と水谷が覗き込んだ。

「見て。足跡が……。どうして池の中へ？」

「おい。まさか自殺したわけじゃないだろうな」

「まさか……」

と、エリカは言って、何かいやな予感がした。

どこかが違う。考えていたことと、違っている……。

「深いのか、この池？」

水谷刑事が、身をのり出して、水面を覗き込んだ。――すると、水面に白い泡が、五つ、六つ、浮かび上がってはじけた。

エリカは、

「危ない！」

と、叫んだ。

「退《さ》がって！」

しかし、間に合わなかった。池の中から、突然、一本の腕が突き上げてくると、水谷の胸ぐらをぐいとつかんだ。そして、声を上げる間もなく、水谷の体は、水しぶきをあげて、池の中へ引っ張り込まれたのだった。

エリカも、あまりに思いがけない成り行きに、一瞬、身動きができなかった。

池の面《おもて》は、しばらく波打っていたが、やがて静まって、泡がひとつ浮かんで、消えた。

あの刑事は？　どうしたんだろう？

この池の中に、何がいるのか？
そして加奈子はどこへ消えてしまったのか……。
エリカは、白い月の光を浴びて、ただ池の面を、見つめているばかりだった。

古き友情

「アーア」

　エリカは、大欠伸《おおあくび》をした。

「これ、エリカ」

　と、クロロックは顔をしかめて、

「結婚前の娘が、そんな大口を開けて欠伸してはいかん」

「そうよ」

　と、涼子《りょうこ》が肯《うなず》いて、

「いつまでも、お嫁のもらい手がないと、ずっとうちにいることになるのよ」

「どうせお邪魔でしょ」

　と、エリカはムッとした様子で、

「お父さんはゆうべ、ぐっすり眠ったんじゃないの。私はね、明け方よ、やっとこベッドに入ったのは」

「その代わり昼まで寝ていたではないか」

そう言われると辛《つら》い。――確かに、今はお昼の十二時。

「――しかし、我々を疑っとるとはな」

クロロックは、涼子が虎《とら》ちゃんを連れて先に部屋へ戻っていくと、言った。

「ねえ。――でも、ゆうべの刑事さん、どうなったのかしら？」

「おそらく助かるまい」

と、クロロックは首を振って、

「お前のせいではない。どうしたって、止めることはできなかったさ」

「そうね……。でも池の中に、なぜ？」

「いや、池の中というより、おそらくその池から、どこかへ通じる水路があるのだろう。

そこへ、奴《やつ》は隠れているのだ」

「じゃ、どうするの？」

「行くしかあるまい」

クロロックは重苦しい様子で、

「こればかりは他の者に任せることができん。――そうか」

と、肯いて、

「どうも、昨日、戻った時に、他人の匂《にお》いがしたと思った。誰か――たぶん、その天然色とかいう奴が、我々の荷物を調べたのだ」

「一色《いつしき》よ」

「たった一色《いつしょく》？　ケチだな」

「関係ないでしょ」

と、エリカは笑って言った。

「おやおや」

クロロックは、何を聞きつけたのか、立ち上がると、

「どうやら、噂《うわさ》をすれば何とかだ」

「え？」

と、言ってから、エリカも気付いた。

表がいやに騒がしいのである。いや、きっと騒がしくしているつもりはないのだろう。

しかし、クロロックやエリカの耳には聞こえてくるのだ。

「あの分では、三十人はいるな」

と、クロロックが言った。

「何かしら？」

「そりゃ当然警察だ」

警察？　――そうか。ゆうべエリカの後を尾《つ》けていた水谷《みずたに》という刑事は、行方不明に

なってしまっているのだ。

その上司の一色という刑事にしてみれば、部下に何かあったのではないか、と思っているのだろう。

「——ね、エリカ」

と、やってきたのは千代子《ちよこ》だった。

「何だか、外にお巡《まわ》りさんが大勢集まってるわよ」

「朝礼の時間なのではないかな」

と、クロロックが言った。

「お昼過ぎに？」

千代子が目をパチクリさせていると——。

「こちらは県警の一色だ！」

と、マイクを使った凄《すご》い声が聞こえてきて、エリカと千代子は飛び上がるほどびっくりした。

「この保養所は完全に包囲されている！　おとなしく降伏しろ！」

「戦争映画の見すぎだの」

と、クロロックが苦笑する。

「呑気《のんき》なこと言って！」

外からは続けて、

「一分以内に両手をあげて出てこなければ、一斉射撃で蜂の巣にするぞ！」

かなり興奮している様子である。

「公僕たるものが、ああ冷静さを欠いているようではいかんな」

と、クロロックが批評していると、

「あなた！」

と、涼子が虎ノ介《とらのすけ》を抱いて飛んでくる。

「何事なの？」

「ま、落ちつけ。ちょっとした誤解だ」

クロロックは涼子の肩を軽く叩いて、

「ちょっと話をしてくる」

「お父さん、気を付けて！　あの調子じゃいきなり撃ってくるかもしれないわよ」

「うむ。その点は問題だな。このマントが穴だらけになっても困るし」

クロロックも、しばらくマントを身につけないと寂《さび》しくなるとみえ、今日は暑いのを我慢して正式の（？）吸血鬼スタイルをしていた。

保養所の管理をしている老人が、わけが分からず呆然《ぼうぜん》としているのを、

「危ないかもしれんから、奥へ行っときなさい」

と、クロロックは言って、それから表を覗《のぞ》いた。

「ほう！　こりゃ派手だ」

エリカもそっと窓から覗いてみる。――凄い！

三十人なんてものじゃないだろう。ライフルに機関銃、散弾銃、大砲ミサイル……まではないが、あれで一斉射撃したら、この保養所が崩壊しそうである。

「――どうしたの？」

と、みどりが欠伸をしながら、やってきた。

「うるさくって眠れやしない」

「ＴＶのロケらしい」

と、クロロックはいい加減なことを言っている。

「へえ！　じゃ私が、人質の役でもやろうかな！」

「お父さんったら、どうする気？」

「――あと三十秒だ！」

と、外で一色という刑事が怒鳴っている。

「まあ、霧《きり》が晴れないと、撃つわけにもいくまい」

と、クロロックが、のんびりと言った。

「霧？」

霧なんかどこにも……。いや、どこからわき出したのか、急に保養所の外には霧が流れ込んできて、たちまち真っ白になってしまう。

「おい、何だ、これは！」

と、一色が怒鳴っているのが、マイクを通して聞こえてくる。

「何とかしろ！　みんなでフーッと息をして吹き払え！」

エリカはふき出してしまった。一色という刑事、相当に頭に来ているようだ。

「では、ちょっと出てくる」

クロロックは、霧がますます濃くなるのを見て、保養所を出た。アッという間に、霧の中に姿が消える。

「——畜生！　おい、油断するな！」

と、一色刑事はやたらに右へ左へと怒鳴っていた。

「突然、どうしてこんなひどい霧が出るんだ？」

「山の天気はあてにならんな」

「ああ、まったく」

と、一色は言って——。

ん？　誰だ、今何か言ったのは？

するとーー一色の周囲だけ、スッと霧が薄れて、目の前に、黒いマントに身を包んだ男が立っていた。

「お前は誰だ！」

と、一色は拳銃を抜いた。

「おい、みんな！　こいつを取り押さえろ！」

「いや、ありがとう、きれいな花束を」

「え？」

一色は、手にしている拳銃をーーいや、それは、可愛い花束だった。

「まったく、懐かしい。昔の友人に会うというのは嬉しいものだな」

「友人？」

「何年になるかな、この前会ってから」

「何年……かな」

一色は、目をパチクリさせながら、

「そう……。ずいぶん久しぶりだ」

と、肯いた。

「君が元気で活躍しているので、本当に嬉しい。時に今日はいったい何ごとかね？」

と、そのマントの男は親しげに一色の肩へ手をかける。

「うん……。部下の水谷という男が……殺されたんだ」

「そりゃ気の毒に！」

「それも——見るのも辛いような状態で」

一色は、首を振った。

「川に浮かんだんだ。ひからびたミイラのようになって。——全身の血を抜き取られてしまっていた」

「それはまた無残だの」

「少し抜けたところはあったが、真面目《まじめ》な奴だった。俺は目をかけていたんだ。それなのに……」

一色は、涙がこみあげてきて絶句した。

「犯人は分かったのかね」

「それが……この保養所に、怪《あや》しい外国人とその連れが泊まっている。そこの娘を、水谷は尾行していて、連絡を絶ったのだ」

「なるほど」

「その娘が、きっと水谷の死に関係あるに違いない！　俺は——俺は、何としても、あいつを殺した奴を捕まえてやるんだ！」

「気持ちは分かる」

と、マントの男は、一色の肩にやさしく手をかけ、

「しかし、こういう時こそ、冷静にならなくては。それが君の、刑事としての、プライドというものだろう？」

「それはまあ……。しかし——」

「その娘が、犯人だとしたら、のんびりとこんな所にいると思うかね？」

「うん……」

「人間の血を全部抜き取るなどということは、容易ではない。それは君にも分かるだろう」

「ああ……。よく分かる」

「たかがひとりの女の子にそんなことができると思うかね？」

「いや——」

「よく考えるんだ。これには深い事情があるに違いない」

「いや……。それは分かってるんだ。江田房哉《えだふさや》というじいさんは、死んだ女房の声を聞いたとか言ってるし……」

「そうか。つまり、この事件の裏には、とんでもない、大きな謎《なぞ》が隠されているのだよ。そう思うだろう？　頭のいい君のことだ。分からないわけがない」

「うん。まあ——確かに頭はいいが」

つい、本音が出てしまう。

「こんな風に大騒ぎをしては、逆効果だと思わんかね。これでは犯人は用心して、姿を隠してしまうだろう」

「そうだ。――言われてみれば、その通りだな」

「部下を殺されて悔《くや》しい気持ちはよく分かる。しかし、そこをぐっとこらえるのが、刑事というものだよ」

「お前の言う通りだ……。ありがとう！　俺はいい友だちを持って幸せだ！」

緊張の反動か、一色は、声を上げて泣きだしてしまった。

――霧は、やがて徐々に薄らいできた。

「ひどい霧だったな」

と、ライフルを構えた警官がホッと息をついて、

「隊長！　突入しますか？」

と、一色のほうを見て――唖然《あぜん》とした。

一色は、妙な黒いマントを着た男の肩にもたれて、さめざめと泣いていたのである……。

「――この池か」

と、クロロックは言った。

風が出て、周囲の木立を揺らしている。

「やれやれ、涼しくていい。夏にこのマントは向かんな」

「しようがないでしょ。吸血鬼の制服なんだから」

と、エリカは言った。

「昼間見ると、何てことのない池ね」

「池というより、泉だな。しかし、ここから川が流れ出ていないところを見ると、どこか中に水路があって、地底を流れているに違いない」

「じゃ、あの水谷って刑事、その何かに、引きずり込まれて、水路を通って他の場所へ持っていかれたわけね」

「おそらくそうだろう。そして血を吸い取られた……」

「何とかしなきゃね」

エリカは言って、池のほとりにしゃがみ込んだ。——それに心配なのは、常田加奈子《つねだかなこ》のことだ。

無事に家へ戻ったのだろうか？

「誰か来る」

クロロックの鋭い耳が、かすかな足音を聞き取っていた。

「どこかそのへんに隠れよう」

ふたりは、木立の間に身を潜《ひそ》めた。

「——警察かしら」

「いや、水谷がここへ来たことは知らんだろう」

「あ、そうか」

「あの一色って刑事も、いつまでもこっちの手にはのっていまい。早いところ、何とかけりをつけたいものだが……」

と、クロロックは呟《つぶや》くように言った。

涼子たちのことも心配なのである。当然のことではあるが。

木立の間から——女がやってきた。

「あ、あの人……」

と、エリカが言った。

「知ってるのか」

「あの団地を調べた時に。——速水香里《はやみかおり》の死体を発見した江田って男性の奥さんだわ。名前は確か弘子《ひろこ》。江田弘子よ」

江田弘子は、何か深く悩んでいる様子だった。花束を手にしている。

何をする気かしら？　エリカは、じっと見守っていた。——すると、江田弘子は池のほとりまでやってきて、花束を、池の中央へと投げたのである。

水面が揺らぎ、花束は浮かんでいた。江田弘子は、両手を合わせ、瞑目《めいもく》した。

「何かわけがありそうね」

「しっ。——花束を見ろ」

と、クロロックが言う。

別に、初めのうちは何ともなかった。花束はゆっくりと回りながら浮かんでいたが……。

エリカは目を疑った。花束のあたりの水面が泡立ち始めたのだ。

弘子も、目を開けて、息を止めるほど驚いた様子だった。

花束は、泡の中で、みるみるうちに、しぼんでいった。まるで熱湯の中にでも投げ込まれたかのようだ。

弘子が真っ青になって見守るうち、花束は見るかげもなくバラバラになり、水面に散らばっていった。

やがて、泡が消える。——弘子は、青ざめて、震えながら立っていたが、やっと、我に返った様子で、池から遠ざかろうとした。

その時——池の中から、シュッと音をたてて飛び出してきたものがある。植物の、つたのようなものだ。それがぐっと伸びてきたと思うと、ムチのように弘子の足首に巻きついた。

「キャッ！」

悲鳴を上げて、弘子がそれを振り放そうとする。が、つたは弘子の足首をキリキリと絞りあげるようにきつく巻きついて、ぐいと池のほうへと引いた。

弘子が転倒する。そのまま、体はズルズルと池へと引きずられていく。

弘子の顔が恐怖に引きつった。

「助けて！　誰か――」

金切り声を上げながら、弘子は両手で草を握りしめた。しかし、引きずる力は、並たいていではなかった。バチバチと草が切れ、弘子はグイグイと引っ張られていく。

クロロックがパッと飛び出した。

そして、つたへと駆け寄ったと思うと――エリカは目を疑った。クロロックはポケットからナイフを取り出すと、そのつたへと突き立てた。その瞬間、つたからは――血がふき出したのである。

少なくとも、それは血とそっくりの液体だった。

パッとつたは江田弘子の足首から離れると、スルスルと池の中へと戻っていった。

――水面は、ただかすかに揺れているだけで、何事もなかったように見えた……。

迎えにきた少女

「――これはひどい」

クロロックは、江田弘子《えだひろこ》の足首に、とりあえずハンカチを巻いておいた。

あのつたが巻きついたところは、血がにじんで、いかに強い力で巻きついていたか、一目で分かる。

「ありがとうございました……」

と、弘子は、草地に座りこんで、クロロックに手当てをしてもらっていたのである。

「痛むか？」

「ええ、多少……。帰ってから、外科の病院へ行きます」

弘子は、目を伏せていた。

「それだけではすまんだろう」

と、クロロックは静かに言った。

「どういう意味ですか」

「あんたを池へ引きずり込もうとしたものが問題だ。──あのままだったら、あんたは今ごろ、速水香里《はやみかおり》という主婦と同じ運命を辿《たど》っていた」

弘子は、じっとクロロックとエリカを交互に見ていた。

「あなた方は、どういう方ですか」

「我々は、今度の出来事を調べている。多少の係《かか》わりもあるのでな」

弘子は目をそらして、

「私は何も……」

「正直に話してくれんか。あんたは何かよほど奇妙なものを、見るか聞くかしたはずだ」

弘子はドキッとした様子で、

「どうしてそんなことを──」

「でなければ、あんな恐ろしい体験をして、その程度のショックですむわけがない。そうじゃないかね？」

クロロックの言葉に、弘子は、しばらくためらっていたが、
と、やがて肯《うなず》いて、

「──分かりました」

「あなたに助けていただかなかったら、今ごろどんな目にあっていたか、考えるのも怖いくらいですわ」

「あなたのご主人ですね、速水香里さんの死体を発見したのは」

と、エリカが訊《き》く。

「そうです。でも――本当は、主人の父親なんです。あそこへ行くと言いだしたのは」

弘子の話に、クロロックとエリカはじっと耳を傾けていた。

「――なるほど。すると、ご主人の父親は、亡妻の声を聞いた、と言ったのだな」

「はい。もちろん、主人も私も信じませんでした。でも、行って気がすむのなら、と……。少し約束の時間に遅れていったんです」

「それで、命拾いをしたのかもしれん」

と、クロロックは言った。

「たぶん――速水さんも同じだったんでしょうね。きっと、亡くなったお子さんの声に誘われて――」

「残酷なことだ。二重、三重に、残酷なことだ」

と、クロロックは抑《おさ》えた口調で言ったが、その底には激しい怒りをこめていた。

「ところが――」

と、弘子は言った。

「私もその声を聞いたんです。買い物から帰って……。義父《ちち》が女の人と話しているのが聞こえて――。義父は、『うめ子』と呼びかけてました。義母《はは》の名です」

「確かに、その声を聞いたのだな？」

「はい。女性の声で……。私は部屋を覗《のぞ》きました。膝《ひざ》がガクガク震えていました。でも、そこにいたのは義父ひとりでした」

クロロックは、深々とため息をついた。

「──あんたは、なぜこの池へやってきたのかね。しかも花束を投げて」

「はい……」

弘子は、ちょっとためらってから、

「実は──義母は、この池で死んだのです」

「まあ」

エリカは思わず池のほうを振り返った。

「病気を苦にして、自殺したんです。でも、小さな村のことですから、病死ということにして……。私、せめてお花でもあげて成仏《じょうぶつ》していただこうと……。でも、あれはいったい何ごとだったんでしょう？」

クロロックは、じっと池のほうへ目をやりながら、

「ともかく危険な奴が、あんたたち、村から出てきた人々を狙《ねら》っている。他にも犠牲者の出る可能性がある。ともかく早いうちに何とか手を打たねば」

と、自分に向かって言い聞かせるように、言った。

それから、ふと思いついたように、

「あんたは知らんだろうな。この池からどこへ水路がつながっているのか」

弘子はやや戸惑《とまど》った様子だったが、

「私は分かりませんけど、でも——主人なら、たぶん」

「あんたのご主人が？」

「主人は、あのダムを作った電力会社へ勤めているんです。ダムを作るための資料があると思いますけど」

「それはありがたい！」

とクロロックは目を輝かせた。

「ぜひそれを調べてほしいのだ。一刻も早く」

「分かりました。会社へ電話してみます」

弘子は立ち上がろうとして、よろけた。

「足首がそれでは痛むだろう。おぶっていってあげよう」

「でも……」

「遠慮することはない。この山道だけだ」

「それじゃ……。娘を預けてきているので、早く帰らないと」

「では急ごう」

クロロックは軽々と弘子をおぶって、歩きだした。

エリカは、並んで歩きながら、

「常田加奈子《つねだかなこ》って子、ご存知ですか？」

と、訊いた。

「加奈子ちゃん？　ええ、やはり村にいた子です」

「あの池の近くで、姿を消しちゃったんです。家に戻ってるかどうか、ご存知？」

弘子は、ちょっと不思議そうに、

「家に……。池の近くで、って言いました？」

「ええ」

「いつのことですか」

「ゆうべです。お兄さんが村の墓地に——」

「ゆうべですって？　加奈子ちゃんに会ったとおっしゃるんですか？」

「ええ。昼間、団地で」

「まさか！」

弘子は、青ざめていた。

「加奈子ちゃんは村が湖に沈んで間もなく、肺炎で死んだんですよ」

と、弘子は言った……。

「おい、会社へかけるなと言ったろう」

席へ戻って、江田信夫《のぶお》は、苛々《いらいら》と言った。

「今、会議中なんだ」

「ごめんなさい。でも、大切な用件なの」

弘子の声は真剣そのものだった。

「分かったよ。何だ？」

――弘子の話を聞いて、江田信夫は顔をしかめた。

「何だって？　事前調査の資料なんて、倉庫の中だよ。見つけるまでに、何日かかるか分からないぜ」

「でも、必要なのよ」

「待てよ。ともかく――今夜だ。帰ってから話を聞く」

「あなた――」

弘子が言いかけるのも構わず、信夫は電話を切った。

「――おい、江田」

と、呼ばれて、振り返る。

「はあ」

「部長のお呼びだ」

「はい」

机の上の、山積みになった書類を眺めて、ちょっとため息をつくと、江田信夫は、部長室へと急いだ。——部長の三屋《みつや》は、せっかちである。

会議に少しでも遅れていくと、少なくとも一年間はいやみを言われるのを覚悟しなくてはならない。

信夫は、ほとんど走るように、部長室のドアまでやってきた。

「——江田か。座れ」

三屋部長は電話中だった。——それも、友だちからの電話らしい。ぼんやりと十分近くも座って待っていて、信夫は腹が立ってきてしまった。

「やれやれ……」

電話を切ると、三屋は意味もなく、机の上のものを動かしたりしていたが、

「お前のいる団地で、妙な噂《うわさ》があるそうじゃないか」

と、出しぬけに言った。

「はあ?」

「幽霊が出る、とかさ。——ひとり殺されたんだろう」

「ああ。ええ、そうです。変質者だと思います」

「お前がどう思おうと関係ない」

と、三屋が、いつもながらの、抑揚《よくよう》のない口調で言った。

「あのダムの底になった村の出身だな、お前は？」

「そうです」

「あそこの立ち退《の》きに関しちゃ、大いに働いた」

「恐れ入ります」

「ところが、週刊誌がな、取材に来たんだ」

「週刊誌？」

「あの団地に、村の墓地に残された人間たちの幽霊が出る、というのは本当か、とな。もちろん笑い飛ばしてやったが」

「そうですか……」

「しかし、墓をそのままにして沈めてしまったというので、週刊誌のほうはうちを叩きたいらしい」

「はあ……」

「お前が、大丈夫だから、と請《う》け合ったんだ。そうだったな」

「かなり――時期が切迫していましたし」

「あの村に関しちゃ、責任はお前にある。いいか、妙な噂はもみ消すんだ。どいつがそんな話をでっちあげてるのか調べて、黙らせろ！」

三屋の口調はだんだん乱暴になってきた。怒ると怖い男なのだ。

「かしこまりました」

と、答えるしかなかった。

「いいか。企業イメージの大切な時代だ。週刊誌の記事を何とか阻止《そし》しろ。それができなければ、反論の材料をきちんと用意して、提出しろ。分かったな」

「はい」

信夫は、やや青ざめていた。

その噂のもとが、自分の父親だとは、とても言えるわけがなかった……。

「月が出ないほうがホッとするっていうのも、妙なもんだな」

と言ったのは、木原哲郎《きはらてつろう》である。

「でも、雨はまだ当分降りそうにないって」

と、千代子《ちよこ》は言った。

保養所の裏庭に、少々古くなったベンチが置いてある。そこにふたりは並んで腰をかけていた。

今夜は雲が出ていて、月を隠してしまっている。

「夏は長いや。特に今年はね」

と、木原が言った。

「ね、あなた、いつまでここにいるつもりなの？」

と、千代子は訊いた。

「さあ……。本当はずっといたいんだ。いや――この事件が片付くまでさ」

と、木原は言った。

「でも……そういつまでもなあ。レポートもあるし、家から今日も電話がかかってきてるんだ。いったい何やってるんだ、って」

「何て答えたの？」

「吸血鬼退治をしてる、ってね」

千代子は、それを聞いて笑った。

「――しかし、いったいどういうことなんだろう？　僕は、今まで超自然的なこととか、霊とか信じてなかったんだよ」

「私もよ。でも、いいじゃない。現実を見るだけの公平な目を持っていれば」

「そうだな。君がそう言ってくれると、少し安心するよ」

「そう？」

千代子は少々照れている。

恋愛方面に関しては、てんで遅れているエリカたち三人組の中では、まあ千代子はやや大人のほうかもしれない。

しかし、千代子も割合にさめている性格なので、熱烈な恋とは縁がない。この木原にしても、好青年ではあるけれど、夢中になる、というところまではいかないのである。

「もう寝る？」

と、木原が訊く。

「もう少しこうしていたいわ」

別に話があるわけでもないのだが、何となく一緒にいて気持ちが楽になる。こういうのを「恋」とは言わないのかしら、と千代子は思った。

「ちょっと、冷えるわね」

と、千代子は軽く身震いした。

「寒い？」

夏とはいえ、山の中だ。夜はけっこう気温が下がるのである。

「ちょっとね。——カーディガン、持ってきてるの」

「中へ入ろうか」

「いいわよ。ここのほうが静かだし。ね、待ってて、すぐ取ってくる」

「うん……」

千代子が、保養所の建物へと駆けて戻った。

木原はひとりになると、思い切り、涼しい夜の空気を吸い込んだ。――あんな恐ろしいことが起こってるなんて思えない、平和な静けさである。

でも、今日の午後、帰ってきたクロロックとエリカは、いやに深刻な様子だった。きっとまた何かあったんだろう。

変わってるけどな、あの父娘《おやこ》も。クロロックさんなんか、まるで吸血鬼そのもののスタイルじゃないか。

あれで、どこかの社長とか。――卒業したら、雇ってもらうかな。

ふと、急にあたりが明るくなった。見上げると、雲が切れて、白い月が覗いたのである。

白い夜。――まるで、透明な雪が降りつもって、輝きだけを放っているかのようだ。

ふと、誰かが立っているのに気付いた。

「やあ、君……」

木原は、名前を思い出そうとした。

「ひとり？」

と、その少女は言った。

「いや、そうじゃないけど……」

何ていったっけ、この子？　確か……。

「何してるんだ、こんな時間に？」

そうだ。常田……加奈子だった。そう、確かにそうだ。

「誰かにどうしても見てもらいたいものがあって。人を捜してたの」

「人を？」

「ええ。良かったわ、知ってる人がいて」

と、加奈子は微笑んだ。

「ね、すぐそこなの。一緒に来て」

「いや――。ちょっとね、連れの子が、すぐ戻ってくるんだ」

「本当にすぐなのよ。一分もかからない。――ね？」

「分かったよ」

木原は立ち上がった。

「いったい何だい？」

「見てのお楽しみ」

と、加奈子は笑った。

木立の間を、加奈子は軽やかに、二、三十メートルも進んだだろうか。

「ここよ」

と、振り向く。

「何もないじゃないか」

と、木原は、月の光を浴びた、小さな空き地を見回した。

何だか――いやな臭《にお》いがした。生ぐさい、腐ったような臭いだ。

「見えないの？」

加奈子は面白がっている。

「見えないよ、何も」

「ほらそこに」

と、加奈子は、すぐそばの地面を指さした。

「私の兄よ」

地面、と見えたのは、黒い何かだった。それが、ゆっくりと盛り上がってくる。

「兄さん？　しかし――」

それは、立ち上がった。木原を見下ろすほど大きい。黒い、人の形の泥人形のようだ。

「君の兄さんは……死んだんだろう！」

木原は恐怖で動けなかった。

「そうよ」

加奈子はクックッと笑って、付け加えた。

「私もね」

「エリカ」

揺すぶられて、エリカはハッと目を覚ました。

「――千代子。まだ起きてたの？」

と、ベッドに起き上がる。

「木原君と、ふたりで裏庭にいたの」

「へえ」

「木原君がいなくなったのよ」

エリカは、ベッドから急いで出て、服に着がえた。

「――私、カーディガンを取りに……」

急いで裏庭へ出ながら、千代子は言った。

「月が出てるわね」

と、エリカは、急ぎ足で、そのベンチへと向かいながら言った。

「戻ったらいないの。呼んでみたけど返事もないし。――怖くなって」

「私を起こしに来て良かったわ」

エリカは、臭いをかぎつけていた。

「この奥ね」

「木原君に何か……」

「千代子、ここで待ってたほうが」

「いやよ。一緒に行く」

と、千代子は断固として言った。

「じゃあ、充分気を付けて。何かあったら、私に構わず逃げるのよ。そして父を呼んできて」

「うん」

木立の間を進んでいくと、月明かりの下、誰かが背中を向けて立っているのが目に入った。

「あれは――」

「しっ」

エリカは、千代子を抑えて、

「ここにいて」

前に進む。――誰なのか、分かっていた。

「加奈子さんね」

ゆっくりと振り向いた常田加奈子は、青白い月光を水のように浴びて、まるで陶器の人形のように見えた。

「木原君をどうしたの？」

と、エリカは訊いた。

「木原君は知らなかったのよ、あなたが死んでるってことを」

「もう知ってるわ」

と、加奈子は楽しげに言った。

「これ以上、手を出さないで！」

と、エリカは厳しい口調で言った。

「まだ大丈夫。——まだね」

「どういう意味？」

「あなたのお父さんに会いたがってるの。あの人が」

「あの人……？」

「あなたのお父さんがひとりで会いに来たら、木原君は、無事に帰すわ」

「無事に？」

「約束よ。でも、もしいやだと言ったら……。分かってるでしょ。あの奥さんや、刑事がどうなったか」

千代子が、

「やめて！」

と、叫びながら飛び出してくる。

エリカが、千代子の腕をつかんで引き止めた。

加奈子が、急に血相を変え、キッと目をつり上げ、口を開いて獣《けもの》のように唸《うな》った。口の中が血のように濡《ぬ》れて真っ赤だ。

エリカもゾッとした。——その時、

「興奮してはいかん」

と、声がした。

「お父さん！」

クロロックが、木立の間から、マントをさばきながら、現れた。

「今夜、やってくるだろうと思っていた」

と、クロロックは肯いて、

「一緒に行こう。——エリカ、お前は涼子《りようこ》たちについていてやってくれ」

「うん……」

「私のことは心配いらん。——さあ、案内してもらおう」

クロロックが進み出ると、加奈子はニヤッと笑って、足早に木立の間を抜けていく。

クロロックがそれを追って、たちまち見えなくなった。

「――千代子。戻ろう」

エリカは、千代子の肩に手をかけた。

「うん……。木原君、大丈夫かなあ」

「お父さんが、きっと……」

エリカも、それ以上は言えなかった。

クロロックは、いったい誰に会いに行ったのだろう？

月が、またかげった。

エリカと千代子は、足早に保養所へと戻っていった……。

泥からの声

「もう良かろう」

と、クロロックは足を止めた。

先を歩いていた常田加奈子《つねだかなこ》が振り向く。

暗かったが、クロロックの目には、加奈子がギクリとした様子なのが見てとれた。

「ちゃんと私についてこないと――」

「ついていってどうなる？　もうそいつはここに来とるじゃないか」

――深い谷間だった。

谷というより、岩と岩の隙間《すきま》と呼んだほうが正確かもしれない。幅はせいぜい三メートルほど、高さは十メートル近くもあった。

風が吹き抜けると、ウァーン、とまるで子どもが泣いているような音がした。

谷間だから、たまに雲間に顔を出す月の光も、ほんの細い筋となってしか、差し込むことができないのである。

加奈子がじっとクロロックをにらむ。目が赤い光を帯びていた。

「お前はあの湖底に沈まなかった」

クロロックはため息をついて、

「それがかえって不幸だったな」

「余計なこと言うと……あいつが串刺しになるよ！」

加奈子がパッと手を上げ、谷の高みを指した。クロロックは顔を上に向けて、七、八メートルの高さに岩を這《は》う太いつたから縄でぶら下げられている木原哲郎《きはらてつろう》の体を見つけた。

耳を澄ますと、荒い呼吸が聞きとれる。生きてはいるようだ。

「可哀《かわい》そうに。自由にしてやれ」

加奈子は、声を上げて笑った。

「あいつはあの人の貴重な食事だよ！　返してやってもいいけど、その代わり〈血ぬき〉でね」

「お前と話しても仕方ない」

クロロックは、岩の凹凸《おうとつ》の間の、深い暗がりのひとつへと声をかけた。

「出てこい！　影の中に潜《ひそ》んでいても、その臭《にお》いは消えぬ」

加奈子がカッとなった様子で、

「何だっていうのさ！」

と、乱暴な口調でわめくと、クロロックのほうへ詰め寄ろうとした。

クロロックの右手がスッと前へ出ると、

「キャッ！」

加奈子の体は数メートルも弾《はじ》き飛ばされてしまった。

「――よせ」
五、六メートルの高みから、低く、くぐもった声が聞こえてきた。
「お前のかなう相手ではない……」

谷の間の影が、動き始めた。ズルズルと岩肌をこすりながら、下りてくる。

「やはり、生きていたのか……」

と、それが言った。

「きっと誰かいると思っていた。――我らの仲間が」

「同じ血を継《つ》ぐ者でも、仲間とは限らんぞ」

と、クロロックは言った。

「こっちへ来たらどうだ？」

「すまんが……」

地面に下り立ったそれは、岩の出っ張りのかげに半ば隠れていた。

「とても会える体ではないのだ。何しろ——長いこと地中に埋められていたのでな。干上がって、ひからびてしまった」

ゆっくりとしゃべっているが、時として舌がもつれる。

「やっと……人間ふたりの血を吸って、ひと息ついたのだ。ああ、それにこの娘は——たまたま土葬されていたのでな……。何しろこの格好では、人前へ出ていけぬ」

ゆらゆらと揺れながら、それが岩かげから出てきた。——泥の塊《かたまり》だ。泥が、人の形をして動いている。

「みっともないので、とりあえず泥をかぶっているのだ……。失礼は許してくれ」

クロロックは、両足をしっかりと踏んばると、

「私も、祖先の地を追われて、ここまでやってきた。しかし、ここは人間の土地だ。我々は『よそ者』なのだ」

と、言った。

「人間を襲ってはいかん。辛《つら》いだろうが、私たちは何かの形で人間の役に立たねば、ここでは生きていけんのだ」

「お前は……誰だ？」

と、それが言った。

「まだ充分に目が見えん。特に、こう暗いとな。——人間の女と結婚し、子供をもうけ

ているのか」

「そうだ。私は人間に合わせて生きるすべを身につけた」

「情けない！」

と、それが怒りで体を震わせた。

「吸血族の誇りを忘れたのか！　我々は人間の遠く及ばぬ力を持っているのだ」

「力は、どう使うかで値打ちが決まるのだ」

と、クロロックは言った。

「今なら見逃してやる。山の奥深くへ入って、人間の前に姿を見せるな」

加奈子が、それに隠れるようにして、

「腰抜けだよ、こんな奴《やつ》！　格好だけは一人前のくせしてさ。クロロックだかハードロックだか知らないけど、こんなの放っといて、私たちだけで人間を――」

「クロロックだと！」

それの声が、甲高《かんだか》く、かすれた。

「フォン・クロロックか！」

「そうだ」

それはよろけるように後ずさった。

「生きていたのか……。もう……もう、二度と会えぬと思っていた……」

クロロックは、眉《まゆ》を寄せ、探るように相手を見た。

「お前は誰だ？　私を知っているのか」

「私は――」

と、言いかけて、それはためらった。

「誰なのだ？」

クロロックが前へ進み出ると、相手は後ずさった。

「また会おう、クロロック……。お前が私を見て、それと分かる姿に戻ったら――」

「待て！」

クロロックが手を伸ばした。

その時――つたがパッと切れて、ぶら下がっていた木原の体が、真《ま》っ直《す》ぐに落ちてきた。

クロロックはとっさにその落下地点へ向けて駆けだしていた。


「信じられないかもしれないけど……。本当なのよ」

江田弘子《えだひろこ》は、じっと夫の顔を見つめながら言った。

「だから、あの池から、水路がどこへつながってるか、知りたいの。あなたなら調べられるでしょ？」

弘子は、遅く帰ってひとり食事をしている夫が、自分の話に眉ひとつ動かさないのを見て、だんだん気が重くなってきていた。——この人は私の話を信じてない。

もちろん、普通なら信じられないような、突飛な話ではある。だが、現実に人が死に、弘子自身も危なかったのだ。足首の傷も見せた。

それでも、江田信夫《のぶお》は、チラッと傷を見ただけで、

「大丈夫か」

とも言わなかったのだ……。弘子は口をつぐんだ。

信夫は残りのご飯にお茶をかけて、一気にかっ込んだ。そして、軽く息をつくと、

「話はそれだけか」

と、言った。

「それだけ、って……」

弘子はどう言っていいのか、途方に暮れてしまった。

「これ以上、何を話せって言うの?」

「聞きたくない。そんな子供だましのたわごとなんかな」

弘子は耳を疑った。

「あなた……。私が嘘《うそ》をついてるって言うの?　この傷が作りものだとでも?」

「お前はその、妙な外国人にたぶらかされてるんだ。そのうち、そいつは『悪霊を祓《はら》っ

てやるから金を出せ』とでも言いだす」

「何てことを……。助けてくださったのよ」

「分かるもんか。この事件を起こしてる連中とぐるなのさ」

「事件を起こしてる連中？」

「決まってる。俺たちが必死で働いて、世の中を住みやすくしようとすると、『自然を守れ』だの、『人間らしい暮らしを』だのと言って、わめきだす奴らだ。何も分かっちゃいない！　俺たちがどんなに苦労して、あのダムを作り、そのおかげでこの辺がどれだけ発展したか。そのために墓が水に沈んだからって何だ！　そんなことに文句を言うのなら、電気なんか使わないで、原始時代に戻ればいいんだ！」

「あなた」

弘子は、夫が興奮してくるにつれて、しらけ、さめてきていた。

「大声出すと、咲子《さきこ》が起きるわ」

「だから何だ！　俺は疲れて帰ってきたんだぞ！　言いたいことぐらい言って、何が悪い！」

信夫は怒鳴っていた。弘子は、何を言ってもむだだと悟って、黙っていた。

「──おい」

と、顔を出したのは、父親の江田房哉《ふさや》だった。

「どうかしたのか」

「父さんにゃ関係ない。寝ててくれ」

と、信夫はお茶の残りを一気に飲み干した。

「しかし……夜中だぞ。そんな大声を出して――」

「父さん。もとはと言えば父さんのせいなんだよ。死んだ母さんの声が聞こえたとか妙なことを言いだすから」

「本当に聞こえたんだよ」

「馬鹿言うなよ！　おかげで――僕は部長からにらまれてるんだ。マスコミも騒ぎ始めてる。これ以上何かあったら……」

「あなた」

弘子は、たまりかねて、

「お義父《とう》さんのせいじゃないわ。そんなこと言って――」

「お前もだ！　花束がどうしたの、化け物が出たのと、子供じゃあるまいし。下らないことで会社なんかへ電話してくるな。みんなが見てるんだ」

「あなた……。でも、速水《はやみ》さんの奥さんや、若い刑事さんが殺されたのは事実よ」

「そんなことは警察の仕事だ。妙に口を出して、週刊誌にでもかぎつけられたら、それこそクビかもしれない。いいな、絶対に会社へ電話なんかかけるな！」

弘子は、言い返したいのを、じっとこらえていた。夫もまた、苛立《いらだ》っている。部長に言われたことが、よほどこたえたのだろう。ともかく、今は何を言っても仕方ない。

「信夫」

と、房哉が言った。

「そういう言い方をしちゃいかん。お前はそりゃ会社で頑張って働いてるかもしれんが、弘子さんはその間、私や咲子のことに気をつかいながら、家を守ってるんだ」

「もう寝ろよ、父さん」

信夫は立ち上がると、

「ザッと、ひと風呂浴びてくる」

と言って、ダイニングキッチンを出ていった。

「あんな子じゃなかったんだが……」

と、房哉はため息をついて、

「すまんね、弘子さん」

「信夫さん、疲れてるんですわ。本心じゃありません、あんなこと。——お義父さん、お茶でもいれましょうか」

「ありがたいね。いただこうか」

ふたりは顔を見合わせ、何となく微笑んだ。

「どう?」

と、エリカは言った。

「気を失っとるだけだ。別に、血を吸われたあともないしな」

クロロックは肯《うなず》いて言った。

「寝かせときゃ良くなる」

「良かった!」

と、生きた心地のしない様子だった千代子《ちよこ》が、胸をなで下ろす。

木原が、保養所のソファに横になって、ぐったりしていた。あちこち泥で汚れていたが、傷らしいものもない。

――クロロックはエリカをロビーへ連れ出して、谷で出会ったもの、のことを話してやった。

「追っかけて、つかまえてやろうと思ったが、あの若者を助けないわけにもいかなかったのでな」

とクロロックは言った。

「その誰かは、お父さんのことを知ってたのね」

「ああ……。そうらしい」

クロロックは考え込んでいる。

「心当たり、ないの？」

「外見は泥だらけだし、声も、おそらく充分もとに戻っていないのだ。あれでは見分けがつかん。しかし……」

「少なくとも、同じ一族の仲間だってわけね……」

「どうやら、そうらしい」

クロロックは肯いた。

「じゃ、お父さん、どうするつもり？　もしそれが人間を襲い続けたら」

クロロックは黙って首を振った。

エリカは後悔した。こんなことを訊《き》いてはいけなかったのだ。父にとっては、辛《つら》い質問である。

滅びたと思った一族の、それも知っている「誰か」が生きているとしたら、クロロックにとって、その「誰か」と戦うことは、我が身を傷つけるよりも辛いことだろうから。

「ね、お父さん」

エリカは言った。

「引きあげない？　ここから。――後のことは、ここの人たちに任せて」

クロロックも、エリカの気持ちを察したのだろう。ちょっと微笑んだが、

「そうはいかん。どんなにいやなことでも、私にしかできんことがあるのだからな」

と、言って、立ち上がった。

「さて、寝るかな。夜になって眠る、なんて知ったら、きっと奴は怒るだろうな、吸血族の堕落《だらく》だと言って」

「そんなの考え方次第よ。昼を夜、夜を昼って呼ぶようにすりゃいいんだわ」

エリカもだいぶ大学生らしく（?）理屈っぽくなってきたのである……。

追いつめられて

弘子《ひろこ》は、なかなか寝つけなかった。

そっと枕もとの時計を見ると、もう夜中の三時。夏の朝は早い。あと一時間もしたら、明るくなってきてしまうだろう。

この分じゃ、ずっと眠れないかもしれないわ、と弘子は思った。――信夫《のぶお》は深い寝息をたてて眠っている。

弘子は少ししゃくにさわった。

あんなに人のことを怒鳴りつけておいて！　自分は胸がスッとしたのか、さっさと眠り込んでしまっている。

こっちはそれでカッカして眠れないというのに！　――いいわ、もう朝まで眠らずにいよう。

下手《へた》に眠って、寝過ごしたりしたら、また夫から何を言われるか。それくらいなら、昼間、仮眠したほうがずっといい。

弘子は、そっと布団から抜け出すと、台所へ行った。

冷たいお茶を冷蔵庫から取り出して飲むと、ホッとする。

今夜も月が出ている。――居間へ入って、カーテンを開けると、明るい月光が差し込んできたが、時間からいって、そう強烈なものではなかった。

でも――いったい何が起こっているんだろう？　この団地の中と、その近くで。

死んだ人が口を開き、血を抜き取られて殺された人がふたりもいる！　しかも――あのエリカという娘の話を信じれば、死んだはずの常田加奈子《つねだかなこ》が、この団地に来ていたというのだ。

弘子は、そっと包帯を巻いた足首に手をやった。池の中から伸びてきたつたが、足首に蛇《へび》のように巻きつき、強く引っ張られた、あの恐怖は、今でも汗がふき出てくるほどだった。あそこには、邪悪な力が、人間の世界のものとは違う何かがあった……。

でも、それを夫は信じてくれない。いや、信じたくないのだ。――弘子はため息をついた。

「――ママ」

と、呼ぶ声がして、弘子はびっくりして振り向いた。

「咲子《さきこ》！　どうしたの？　目が覚めちゃった？」

と、娘の前に行ってしゃがみこむ。

「熱い……」

「え？」

「何だか……熱いの」

目がトロンとして、頬《ほお》が日やけでもしたように赤い。額《ひたい》に手を当ててみて、弘子は目を見開いた。

「熱があるわ！　まあ、こんなに……。困ったわね、こんな時間に」

とたんに、弘子の頭からは、この団地での奇妙な出来事などは、ふっとんでしまった。

「どうしようかしら……。どこか、診《み》てくださるお医者さん、あるかしらね。待ってね、このソファに座ってて」

「うん……」

咲子は、熱のせいでボーッとしている。

弘子は、台所から電話のメモを取ってきた。この近所の病院……。

でも、たいていは診療所なので、夜中には診てくれない。——そう、あの病院なら……。

朝になってから連れていっても、とは思ったが、咲子は熱が高くなると、時々引きつけを起こす。弘子はそれが怖かったのだ。

歩いて十五分ほどかかる、かなり年寄りのお医者さんの所へ電話してみることにした。

いやな顔をされても仕方ない。

幸い、すぐにその医者が出て、連れてきていいと言われると、弘子は胸をなで下ろした。

医者から見れば、たいしたことではないのかもしれないが、母親の立場になれば、そうは言っていられない。

「じゃ、これから伺《うかが》いますので。すみません、よろしく」

電話を切ると、咲子に、

「待っててね」

と言って、すぐに寝室へ戻る。

暗がりの中で着がえていて、弘子はふと思い出した。夜中に、あの道を、咲子を抱いて歩くのか?

夫を起こそうか、とも思った。咲子のこと、と言えば、いやな顔はしないだろう。

しかし——信夫は軽くいびきすらかいている。

それぐらいのことで、会社へ電話するな！　——あの言葉は、弘子の胸を傷つけた。

「それぐらいのことで」か……。

いいわ。ひとりで行こう。自転車に咲子を乗せていけば、大丈夫だろう。

弘子は、パジャマ姿の咲子にカーディガンを着せ、靴下をはかせた。夏とはいっても、この辺は夜中になると、けっこう涼しくなる。

「――さ、ママがおぶってあげる」

咲子は、久しぶりで、母親の背中におぶわれて楽しそうだった。

――下に置いてある自転車に、咲子を乗せて、弘子はそれを押して歩きだした。小さいので、ふたり乗るのは少し危ないのである。

財布も持ったし、大丈夫だわ。

――弘子は、ともかく病院への道を急ぐことしか、考えていなかった……。


「――ありがとうございました」

弘子は、何度も頭を下げた。

「いや、こっちは商売だよ」

と、もう六十をだいぶ越えている医師は笑って言った。

「いつでもおいで。深夜料金が取れる」

気軽に言ってくれるのが、ありがたかった。――弘子は、咲子をまた自転車へ乗せると、もう一度礼を言ってから、帰路についた。

「――どう？」

と、弘子は言った。

「うん。もう熱くない」

実際、咲子の熱はだいぶ下がっていた。注射を一本うたなければならなかったが、そういう点、咲子は我慢強い。

本人も、熱が上がって、引きつけを起こすのがいやなのである。でも、このまま暖かくして寝ておけば、明日にはたぶんすっかり熱も下がるだろう、と言われて、弘子はホッとした。

三時半を過ぎて、団地へ戻る道には、人っ子ひとりいない。車も、こんな時間には通らない。

団地との間は、きちんと舗装《ほそう》された道で、街灯もあるから暗くはない。しかし、両側はまだ雑木林だったり、野っ原だったりして、ずいぶん寂《さび》しい所なのである。

病院へ向かう間は、夢中で、アッという間に感じられた道のりも、帰りはずいぶん長い。本当にこれが同じ道かしら、と振り向いて確かめたりしている。

迷いようのない一本道なのだが。

早く帰ろう。そして咲子を布団へ入れなくては。自分は別に眠らなくても大丈夫だが……。

「急ぐのね」

突然、背後で声がした。不思議なことに、弘子は飛び上がるほどびっくりしたわけではなかった。

やはり、咲子がいるという思いが、弘子を冷静にさせていたのかもしれない。しかし、振り向いてから、弘子は一瞬のうちに青ざめることになる。

「あなた……」

「憶えてる、私のこと？」

と、常田加奈子は言った。

「加奈子ちゃん……」

「咲子ちゃん、それ？　大きくなったわねえ」

咲子がキョトンとして、加奈子を眺めている。——死んでいるはずの少女を。

「お姉ちゃんのこと、憶えてるかな」

と、加奈子は近づいてきた。

「近寄らないで！」

と、弘子は叫ぶように言った。

「冷たいんだ。村からの仲間同士じゃないの」

「だって、あなたは——」

その先は、恐ろしくて、言えなかった。あなたは死んだはずでしょう！

「私はね、もう死なないのよ」

と、加奈子は言った。

「永遠の命を与えてもらったんだから。――あの人に」

「あの人?」

「そう。――ほら、そこにいるわ」

弘子は、自分の行く手に立ちふさがるものを見た。それは人ではない。人の形をした泥の塊《かたまり》のようだった。見上げるような大きさ……。

足が震えた。これが――速水香里《はやみかおり》を殺した怪物なのだ。

「怖がることないわ」

と、加奈子が言った。

「とてもいい気持ちよ。あなたも永遠の命を手に入れたくない?」

「やめて!」

と、弘子は言って、自転車に乗っていた咲子を、パッと抱き取ると、力をこめて、自転車を加奈子のほうへ向けて押した。

加奈子が自転車にぶつかってよろけ、尻《しり》もちをついた。突然、形相《ぎようそう》が変わって、目をつり上げカッと口を開くと、鋭く尖《とが》った歯が覗《のぞ》いた。

そして血のように赤い口の中が見えて、弘子はゾッとした。

同時に、しっかりと咲子を抱きしめている。――この子を、こんな奴《やつ》らのえじきにされてたまるもんですか！

「咲子！　しっかりつかまって！」

と叫ぶと、弘子は駆けだした。

「逃げられないよ！」

と、加奈子が起き上がって、甲高《かんだか》い声を上げた。

どっちへ逃げるか。――それは賭けだった。

弘子は、加奈子でなく、目の前の、あの化け物のほうを選んだのだ。それは図体が大きく、動きは鈍《にぶ》いように見えたのだった。それに、本能的に、我が家の方向へと走っていたせいもあったのかもしれない。

――想像は当たった。

その怪物は、自分のわきを、咲子を抱いて駆け抜ける弘子へと手を伸ばしたが、とらえることはできなかった。そして、弘子たちを追い始めたが、その足取りは遅かった。

これなら――これなら逃げられる！

弘子は必死で駆けた。これほど夢中で駆けたことはない。呼吸が苦しく、体中の酸素を燃焼し尽くしてしまったようだったが、それでも駆けるのをやめなかった。

「ママ！」

と、咲子が弘子の肩越しに後ろを見て、

「追いかけてくる!」

弘子は振り向いた。加奈子が、追ってきていた。少なくとも、あの怪物よりは速いようだ。しかし、加奈子にしても、あの年齢の少女としては、体力が落ちているのか、早くも苦しげに喘《あえ》いでいた。

「大丈夫よ、咲子! しっかり抱きついているのよ、ママに!」

いったん振り向いたのがいけなかった。再び足を速めた弘子は、路面の小さなくぼみにつまずいてしまったのだ。

「アッ!」

とよろけて、咲子を落としてはいけない、と、体をねじった拍子《ひようし》に、足首を挫《くじ》いた。

鋭い痛みが足首を刺すようで、弘子はその場にしゃがみ込んでしまったのだ。

「ママ!」

「咲子——。走って!」

立ち上がろうとしたが、とても無理だった。

何てこと! こんな時に!

「ママ……」

咲子がしがみついてくるのを押し戻して、

「早く逃げるのよ!」

と、弘子は叫んだ。

「ママのことはいいから！　――パパを。パパを呼んできて！」

「ママ！」

だめだ。咲子は怯《おび》えて、しっかりと弘子の首に抱きついている。

タッタッタッと足音が近づいて――。

「手間かけるわね、まったく」

加奈子が息を切らしながら言った。

「もう諦《あきら》めるのね」

バタッ、バタッ。あれがやってきていた。

見上げるばかりの大きさ。――これが、ふたりの人間の血を残らず吸い取った化け物か。

「加奈子ちゃん……。お願いよ、この子は助けてやって」

と、弘子は言った。

「私は……どうでもいい。この子だけは殺さないで！」

「この方はあんたひとり分の血でも不足なのよ」

加奈子は冷ややかに笑って、

「でもね、子供ってのは面白くないって。すぐ血がなくなるからね」

弘子は身震いした。咲子を、自分の後ろへやると、

「助けてやって……。お願いよ」

と、涙の光る目で加奈子を見た。

「じゃ、あんたはおとなしくこの人のものになるのね」

「分かったわ……」

弘子は肯《うなず》いた。咲子を押しやると、

「咲子！　行って」

「ママ……」

「パパに知らせて。ママはここで待ってるから」

咲子は、じっと弘子を見ていたが、やがてパッと背を向けると、団地のほうへと駆けだしていった。

咲子……。弘子は、頭を垂れた。

伸びてきた泥だらけの手が、弘子の首をわしづかみにした。弘子は振りほどこうともがいたが、たちまち体ごと宙に持ち上げられてしまう。気が遠くなった。

このまま——このまま気を失って、二度と目が覚めることはないんだわ。

咲子！　無事でね！

弘子の体から力が抜けて、やがて意識を失った……。

「——何してるんだ!」

突然、ライトが当たった。

警官だった。ふたりでこのあたりのパトロールをしていたのだ。

怪物は、懐中電灯の光にまぶしげに手をかざすと、弘子を落とした。

「これは……何だ!」

ふたりの警官も、光の中に動いている泥の塊に、愕然《がくぜん》としている。

加奈子が突然、ひとりの警官に背後から飛びかかって、首に鋭い歯を突き立てた。

その警官が悲鳴をあげて転倒する。加奈子はしっかりとかみついて離れなかった。

「助けてくれ! ——おい!」

しかし、もうひとりの警官も仲間を助けるどころではなかった。その怪物が、ゆっくりと近づいてきていたからだ。

「近寄るな! 撃つぞ!」

震える手で拳銃を抜く。ためらっている余裕はなかった。引き金を引いた。銃声が周囲の静けさの中に吸い込まれていく。

二発、三発……。銃弾は、その泥の「人形」のど真ん中へ吸い込まれていったが、相手はふらつきさえしなかった。

「お化けだ!」

警官の手から懐中電灯が落ちて、ガラスが砕ける。逃げようとするのが遅すぎた。

二本の腕が、がっしりと警官の首をとらえて、しめ上げると、骨の砕ける音がした。

それは笑った。——まるでうがいでもしているような奇妙な音をたてて、笑ったのである。

沸き立つ池

気が付くよりも早く、というのは妙だが、本当にそれほどの勢いで、弘子《ひろこ》は起き上がっていた。

――目の前に夫がいた。

「気が付いたのか……」

ここは、居間だ。団地の、我が家の居間。

「あなた！　咲子《さきこ》は？」

息苦しいような思いにとらえられながら、弘子は訊《き》いた。

「大丈夫だ。寝てるよ」

と、信夫《のぶお》は言った。

「無事で？　――良かった！」

弘子は、胸を押さえた。自分は――どうやら大丈夫なようだ。どうなったのだろう、あの怪物は。

「もう……朝なのね」

部屋が明るいので、やっとそう気付いた。

「というより昼だ」

「まあ……。会社、休んだの？」

「午後から行く。君の気分が良ければな」

「私は何とか……。でも、それどころじゃないのよ！　あの怪物……。泥だらけの……。すんでのところで、私も咲子も殺されるところだったのよ」

「そうらしいな」

信夫は肯《うなず》いて、

「咲子に起こされて駆けつけたよ」

「それで……あなたも見た？」

「いや。何も。――ただ、君が道に気を失って倒れていただけだった」

「じゃあ……あの怪物、なぜ私の血を吸っていかなかったんだろう」

「いいじゃないか、君はともかく無事だったんだ」

信夫は、弘子の肩を叩いて、立ち上がると、

「もう大丈夫なら、僕は会社へ行くよ」

「あなた。――放っておけないわ。私と咲子が襲われかけたのよ。警察へ行って話をし

ないと！」

「そんな必要はないよ」

信夫は、なぜか投げやりな調子で言った。

「どうして？」

「今、警察は大騒ぎさ。警官ふたり、また血のなくなった状態で、林の中から見つかったんだ」

弘子はゾッとした。そして悟った。そのおかげで、助かったのだ。

「私がやられる直前に、きっとその人たちが通りかかったんだわ。——何てひどい！」

「確かに、そうかもしれない」

と、信夫は言った。

「しかし、もう警察が捜査してるんだ。何も君が話しに行くこともない」

「でも——私は見たのよ！　泥人形のような、大きな怪物と、それから——加奈子《かなこ》ちゃんを」

「誰だって？」

「加奈子ちゃんよ。常田《つねだ》加奈子。憶えてるでしょ？」

「あの子は死んだよ」

「でも、私たちを襲ってきたのよ！　歯が尖《とが》って、狼《おおかみ》のようだったわ……。あの子は

「吸血鬼になったのよ」

信夫は深々とため息をついた。

「いいかい。君がそんな話をして、誰が信じる？　吸血鬼か！　そんなもの、迷信だよ」

弘子は、唖然《あぜん》として信夫を見つめた。

「あなた……。現に、私と咲子は見ているのよ！」

「暗い道だ。大男が黒い服でも着てヌッと出てくりゃ、そんな風にも見えるさ」

「でも——血を吸われた警官は？」

「世の中にゃ変質者ってのがいる。いいかい、科学的な説明がつかないことなんか、この世の中にはないんだ」

信夫は、まるで原稿でも読み上げているような口調でそう言うと、

「会社へ行ってくる」

と、居間を出てしまった。

弘子は、やがて深々とため息をつくと、くたびれ切って、肩を落とした。とてもあの人には分かってもらえない……。

少しして、夫が出かけていくのが聞こえてきた。

どうしたらいいのだろう？　この目であの怪物を見たというのに、黙っているわけにはいかない。

だけど、頭がおかしいのかと思われても……。

「――お義父《とう》さん」

弘子は、江田房哉《えだふさや》が居間の入り口に立っているのに気付いた。

「話は聞いていたよ」

と、房哉は言った。

「あんたが正しい。信夫は間違っとる。私が聞いたうめ子の声も、その化け物のせいだったんだな」

「そうです」

「可哀《かわい》そうに！　うめ子の魂《たましい》を、何てことに使うんだ」

房哉は怒りで顔を赤くしていた。

「お義父さん……」

弘子は嬉しくて涙が出てきた。

「行っといで。咲子は私が見ている。警察へ行って、話すんだ」

力強い言葉だった。まるで、房哉に壮年の気力が戻ったようだ。

「はい！」

弘子は立ち上がった。

「できるだけ早く戻ります。警察より、話しておきたい人がいるんです」

「そうか。味方になってくれる人かね」

「はい」

房哉は、弘子の肩を叩いて、

「あんたの、人を見る目は確かだ。――私もな」

「え？」

「私も、あと四十年若かったら、放っとかんのだが」

弘子は笑った。義父《ちち》と一緒に。それは、心にのしかかる重苦しさを、一気に吹き飛ばしてしまった……。


「すると――」

と、クロロックは弘子が話し終えると、言った。

「警官がふたりも？」

「はい。あの怪物と、加奈子ちゃん、どっちがやったのか分かりませんが」

「おそらく両方だろう。――何ということだ……」

クロロックはため息をついた。

保養所のロビーで、弘子はクロロックとエリカに、ゆうべの出来事を説明していたのだ。

「でも、ニュースで流れてないわ」

と、エリカが言った。

「おそらく、パニックになるのを心配しているのだろう。何といっても、マスコミがいくらでもオーバーに流せる事件だしな」

「どうすればいいでしょう？」

と、弘子は言った。

クロロックが何か言いかけると、

「あなた！」

と、涼子《りようこ》が虎ノ介《とらのすけ》を抱っこして駆けてきた。

「何だ？　虎ちゃんがクシャミでもしたか」

クシャミぐらいで駆けつけちゃこないだろう。

「いえ——警察の人が」

「またここを取り囲んどるのか。まったく、厄介《やつかい》な連中だ」

「そうじゃないの。それが——」

と、涼子が言いかけたところへ、

「おお！　やってきたぞ！」

と、ドカドカ入ってきたのは、例の一色《いつしき》刑事。

「君か。何だね、いったい？」

「親友よ！　力を貸してくれ！　またやられたのだ」

どうやら、まだ催眠術がかかったままらしい。

「力を貸すといっても、私は別に刑事ではないしな……」

「心配ない。見ろ、〈借用証〉を書いてきた！」

と、書類を出してみせる。

「君に金でも貸したかな？」

「いや、これからお前の力を借りるという借用証だ！　上司の印ももらってある！」

エリカはその発想に唖然《あぜん》とした……。

クロロックとしても、現場を見たいと思っていたので、そのかなり単純そうな刑事についていくことにした。

「エリカ、お前は留守番しててくれ」

「うん。——おみやげは？」

エリカもかなり呑気《のんき》である。

クロロックが一色と一緒に出かけていくと、弘子も立ち上がって、

「私も失礼します。娘を義父に任せてきているので」

エリカは、何だか引っかかっていることがあった。

何だろう？

さっき、この人の話を聞いていて……。

「主人にもう一度頼んでみます。むだかもしれませんけど、あの池からの水路を――」

「そうか」

と、エリカは言った。

「は？」

「ね、奥さん。さっきのお話聞いてて、あれ、と思ったんです。今日、あなたが気がついた時、ご主人からふたりの警官がやられたってこと、聞いたんですね」

「ええ」

「変だわ。――だって、その事件を、警察は発表してないんですよ」

弘子はキョトンとして、

「でも……あの人、知ってましたわ」

「ということは……。見たんだわ」

「見た？」

「娘さんが呼びに来て、駆けつけた時、見てるんです、きっと。ふたりの警官がやられたのを。あるいは……」

エリカは低い声で続けた。

「やられてるところを……」

弘子は、ゆっくりと首を振って、

「でも——それでも、あの人、そんなのは馬鹿げた迷信だと」

「あなたに言いたくなかったんでしょうね。自分の信じていたものが土台から崩れるのを、誰だって見たくないものです。目をつぶってしまっても当然ですわ」

と、エリカは言った。

「奥さん、ご主人の会社へ電話してください。私、話してみます」

「あなたが？　分かりました」

弘子はロビーの電話を使って会社へかけた。

「——もしもし。——あ、部長さんでいらっしゃいますか。江田の家内でございますが。いつも主人がお世話に——。は？」

電話の相手が大声で怒鳴っているのが、エリカの耳には聞こえてきた。

「無断欠勤とはどういうことです！　けしからん！　私はそんな風に部下を仕込んだ覚えはありませんぞ！」

「主人が——会社へ出ていませんか」

「家におらんのですか？」

「はい。あの——今朝は私と娘が具合が悪くて。でも、遅れても行くと申しまして、出ていきましたが」

「ともかく、来とらんのですからな、現に。まったく、困ったものだ。電話連絡ぐらい、入れられるはずですぞ」

「申し訳ありません。でも――」

「だいたい奥さんもいかん」

「はあ？」

「具合が悪いからといって、亭主を休ませるとは、けしからん！　昔なら、我が子が死んでも、仕事に出たものですぞ」

聞いていて、エリカは頭にきた。弘子の手から電話を取ると、

「あんた、死ねば？」

と、言ってやった。

「な、何だと？」

それを聞いて、弘子がふき出した。そして、

「あんた、死ねば？」

と、自分もやって、パッと電話を切ってしまう。

それから弘子とエリカは顔を見合わせて笑いだした……。

「――笑ってる場合じゃないけど」

と、弘子は言った。

「でも、胸がスッとしました」

「同感。ひどい上役ですね」

「夫は頑張ってます、確かに。でも――大変な仕事が必ずしも大切な仕事じゃないと思うんです」

　エリカは肯いた。弘子はため息をつくと、

「でも、主人、どこへ行っちゃったのかしら？」

「待ってください。ご主人がどこへ行ったのか……。ご主人は吸血鬼を見た。あるいは吸血鬼にやられた警官を」

「吸血鬼を見つけた……？」

「可能性はあります」

「とてもかないっこないわ！」

「探しに行くとしたら、どこへ……」

　エリカは、ハッとして、

「そうだわ、あの池！　あの池のことも知ってるんでしょ？」

「もちろんです。じゃ、主人があの池へ？」

足首にからみついた、無気味なつたのことを思い出すのか、弘子は青ざめた。

「行ってみましょう」

と、エリカは言った。


こんな所だったかな……。

江田信夫は、汗を拭《ぬぐ》うと、空を見上げた。

いくらこのあたりが涼しいとはいえ、夏である。日差しの強さは目にまぶしい。

池は、信夫の記憶の中のものより、ずいぶん小さかった。――そんなに遠い昔のことではないのに、そう感じたのである。

おそらく、母が身を投げた池だから、もっと大きく、湖のようなもののように感じていたのだろう。

「母さん……」

と、信夫は呟《つぶや》いた。

ひどく疲れた気がした。――身を粉《こ》にして、という言葉がぴったりくるほど、信夫は働いてきたのだ。特に、あの村を沈めたダムを作る時には――。

いや、それからずっと、まるで目に見えない矢が追いかけてでもきているように、必死で走り続けてきた。少しでも足を止めたら二度と駆けだせないのでは、という気がしてきて……。

しかし――信夫は会社へ行く代わりに、こんな所へやってきてしまった。さぞかし、部長の三屋《みつや》が頭にきているだろう。

信夫はちょっと笑った。

あの、とんでもないものを――人間でない怪物を、この目で見てしまった後では、会社とか仕事とか、何もかもが、馬鹿げたものに思えてきてしまう。

俺は、これまで何をしてきたんだろう？

あのダムは、そんなに大至急作らねばならないものだったのか？　一年や二年遅くなっても、どうってことはなかった。いや、果たして本当に必要なものだったのか……。

墓を水中に沈め、そのせいで、何人もの人間が死んだ。――「進歩」の代わりに人が死ぬのか。

信夫は、池のふちに立った。弘子を引きずり込もうとした「何か」が、この中に住んでるんだろうか。本当に？

「――信夫」

突然、声がした。

「誰だ！」

信夫は周囲を見回したが、人の姿はない。

――今の声は？

「信夫……。私よ」

母さん。母さんが！

こんな……こんなことがあるか！

「やめてくれ！」

と、信夫は叫んで、両手で耳をふさいだ。

「信夫……。母さんとお話ししたくないの？」

母の声は、いくら耳をふさいでも、聞こえてくる。

「母さん……。やめてくれ。母さんは死んだんだ」

「信夫……。待ってるのよ。来ておくれ、私のところへ……」

「母さん……」

信夫は、池の表面を見つめた。

泡が……。ひとつ、ふたつ、浮かび上がってきて、砕けた。

そして、突然、池の水が沸騰《ふっとう》したように、激しく泡立ち始めた。信夫は後ずさった。

そして、その沸《わ》き立つ池の中から、何かが姿を現した……。

信夫は、体が震えだして、動けなくなった。

見えない縄で縛《しば》りあげられているかのようだ。全身から水をしたたり落として、池から上がってきたのは、大きな男だった。

全身は、まだ泥におおわれていたが、顔は見えていた。彫りの深い、いかつい顔。

「きさま……。あの警官を殺した奴《やつ》だな！」

と、信夫が言った。

「あとひとり……。お前の血があれば、この体は昔の通りになるのだ」

言葉も、はっきりしてきている。

「近寄るな！」

「逃げてみろ。——お前を追いつめるぐらいのことは、もうできるぞ」

それは笑った。信夫は一歩も動けなかった。——悪い夢を見ているのか、俺は？

「今ごろ、お前の家へ、訪ねていっているはずだ。あの娘がな」

「何だって？」

加奈子のことか。信夫はあの時、死んだはずの常田加奈子を見て、気を失いかけたのだった。

「お前の女房や娘の血をいただいているだろうな」

「この——化け物め！」

と、信夫は叫んだ。

大きな手が、信夫のほうへ伸びてくる。

と——大きな石がうなりを上げるほどの勢いで飛んできて、それの額《ひたい》に当たった。

それが呻《うめ》いてよろける。

「あなた！」

と、弘子が駆けてくると、夫の手をつかんで、引っ張った。

「逃げて！」

エリカは、その怪物へと、向かっていった。

「——お前は何だ！」

と、それがエリカを見据《みす》えたが……。

「お前は……そうか。クロロックの……」

「娘のエリカよ」

「なぜ私と争うのだ。同じ血を分けた一族なのに」

「私の母は人間だわ」

と、エリカは言って、身構えると、

「さあ、どうするの？」

それは少しの間、ためらっていたが、

「また会おう！」

と言うなり、池の中へと身を沈めた。

池の水が大きく波打って、外へ溢《あふ》れ出た。

——エリカは、息を吐き出した。

汗がふき出してくる。まともに戦えば、とてもエリカの勝てる相手ではなかった。

そこへ、

「エリカ!」

と、林を駆け抜けて、クロロックがやってきた。

エリカは、力が抜けて、その場に座り込んでしまった……。

生きる者と死ぬ者と

「大丈夫か?」

クロロックが、エリカを抱き起こした。

「ええ……。気がゆるんで」

エリカは汗を拭《ぬぐ》った。

「お父さん、どうしてここへ来たの?」

「現場から臭《にお》いをつけてきたのだ。近くまで来て、お前の声が聞こえたので、駆けつけてきた」

「あれは……逃げたわ」

「分かっとる」

クロロックは肯《うなず》いた。

ドタドタと足音がして、あの一色《いっしき》という刑事と数人の警官がやってきたが、何だかみんなハァハァ息をきらして、へばっている。

「おい！　——何て足が速いんだ、お前は」

と、一色はヘナヘナと座り込んでしまった。

「いや、すまんすまん。つい、君のことを忘れて駆けだしてしまった」

クロロックは別に汗もかいていない。

「クロロックさん！」

と、弘子《ひろこ》がやってきた。

「おお、ご主人も無事か？」

「はい。あの——家に義父《ちち》と娘が。あの——常田加奈子《つねだかなこ》が、家へ行ったと……」

「それはいかん！」

クロロックがエリカのほうを向くと、

「行くぞ！」

「うん！」

ふたりが、まるで突風のような勢いで、林の中を駆けていく。

「おい……。待ってくれ！」

一色が、よろけながら、クロロックの後を追って走りだした。

「咲子《さきこ》！　——咲子！」

やっと我が家へ駆けつけた弘子は、玄関を入るなり、大声で呼んだ。

信夫《のぶお》ももちろん一緒である。

クロロックとエリカはずっと前に着いているはずだった。弘子は、玄関から上がるのが怖かった。

もし——もし、咲子が、あの加奈子のえじきになっていたら……。足が凍りついて、動かない。

すると——。エリカが奥から出てきたのである。両手に、咲子を抱きかかえている。

咲子は顔を上げて母親を見つけると、

「ママ！」

と、手をさしのべた。

「咲子！　——無事だったのね！」

駆け寄って、弘子は咲子の体を抱き取ると、しっかり抱きしめた。

「良かった……」

信夫が、肩を落とした。走ってきたので、汗が滝のように流れていたが、まったく感じていないようだ。

クロロックがやってくると、信夫の肩に手をかけて言った。

「我々が着いた時、もうあれはいなくなった後だったよ」

信夫はクロロックを見ると、

「でも……咲子は……」

「咲子ちゃんは押し入れの奥に、布団をかぶってじっとしていたの」

と、エリカも汗を拭って言った。

「きっと、おじいちゃんが隠したのね」

信夫は、深く息をつくと、

「親父《おやじ》は？」

と、訊《き》いた。

「気の毒だが、手遅れだ。——奥さんは見ないほうがいいだろう。あんただけ、ついてきなさい」

クロロックは、よろける足どりの信夫を連れて、奥の部屋へ入っていった。

弘子が、咲子を抱いたまま、顔を上げた。

「義父は……亡くなったんですか」

「ええ。咲子ちゃんを守って犠牲《ぎせい》になったんです」

弘子は咲子の顔を拭《ふ》いてやりながら、涙が流れるのを、拭おうともしなかった……。

——信夫が戻ってきた。顔から血の気がひいている。

「あなた……」

「死んだよ、親父は」

　信夫は淡々とした口調で言って、

「あの池からは、ダムの水源になっている川の上流へ行けるんです。水路があって。天然の地下水の流れですが、人ひとり、充分に通れる広さがあります」

　と、クロロックに説明した。

「すると、奴はその上流のどこかにいるのか」

「大きな洞窟《どうくつ》があります。たぶんそこじゃないでしょうか。中には湧き水が出ていて。――ご案内しますよ」

　信夫は、しっかりとクロロックを正面から見ていた。自分のなすべきことを悟っている人間の目だった。

「頼むぞ」

　クロロックはそう言うと、居間へ入り、窓のほうへと近寄って空を見上げた。

「少し雲が出てきたな」

　ガラス戸を開けて、外の空気を吸い込む。

「――雨の気配だ。かなりの雨が今夜あたりやってきそうだな」

「お父さん。雨が何か関係あるの?」

　エリカが並んで立つ。

「あの村が、再び水中に沈むだろうということだ」

「そうか……」

エリカが肯いた。

「保養所へ戻ろう。――涼子《りようこ》たちのことも気になる」

「うん！」

クロロックは、信夫の肩に手をかけて、

「あんたは警官を、その洞窟へ案内してくれ」

と、言った。

「分かりました。会社から図面を持ってきておきましょうか」

「そうしてくれ」

クロロックは、ギュッと信夫の肩をつかんで、出ていった……。

――エリカとクロロックが外へ出ると、

「おい……どうした……」

と、息も絶え絶えという様子の、一色刑事がよろけながら、やっと辿《たど》り着いたところだった。

警官も数人がやっとついてきている。

「おお君か」

クロロックがポンと肩を叩くと、一色はペタンと尻《しり》もちをついてしまって、二度と立ち上がれない様子だった。

「娘は大丈夫だったが、祖父のほうがやられたよ」

「やられた……。殺されたのか」

「そうだ。血を吸われて」

「何てことだ……」

一色は、またガックリと肩を落として、

「俺の責任だ！　こうなったら、俺は切腹して――」

と、ワイシャツを引っ張り上げてお腹《なか》を出す。

「君！　早まってはいかん！」

「止めないでくれ！」

切腹ったって、短刀があるわけじゃなし、どうするのかとエリカが呆《あき》れて見ていると、ボールペンを取り出して、エイッとお腹を刺し、

「痛い！　痛い！」

と、飛び上がっている。

「君の気持ちはよく分かる。次の犠牲者は何としても防がねばならん」

「もちろんだ！　俺の命にかえても――」

「そのために、すまんが、パトカーで我々を保養所へ送ってくれんかね」

「いいとも！　お前こそ俺の親友だ……」

相当に思い込みの激しいタイプらしいわ、とエリカは思った。――ま、ここからパトカーで戻れば、速いし、楽だ。

一色はパトカーに、先導する白バイまでつけてくれたのである……。


そのころ、保養所では――。

「みどり、冷やむぎ食べる？」

と、千代子《ちよこ》が、部屋で引っくり返っているみどりに声をかけに来た。

「冷やむぎ？」

と、みどりは半分眠っているらしく、トロッとした目で千代子を見て、

「年寄りの冷やむぎ？」

「何言ってんの。大丈夫？」

「大丈夫よ。失礼ね」

何が失礼なのか……。ともかく、やっと目を覚まして起き上がったみどり、

「冷やむぎって、誰が作るの？」

「みどりに作れとは言わないわよ。今、涼子さんとふたりで作ってるの。もちろん、木《き》

原君《はら》も一緒。どうする？」

「食べる」

「だったら、早くそう言いなさいよ」

と、千代子は笑った。

「でも――冷やむぎ、って冷たいんだ」

「そりゃそうよ」

「じゃ、私、自分で作る」

「何を？」

「あったかいうどんか何か」

「夏に？」

「それがおいしいのよ！　鍋焼きうどん――は無理かもしれないけど、タヌキとかキツネなら……」

「保養所の人に訊いてみて」

と、千代子は呆れたように言って、出ていった。

「ウワー……」

と、大口をあけて欠伸《あくび》をすると、みどりは、

「眠くてだめだ。――顔洗おう」

と、廊下へ出た。

洗面所が奥の突き当たりにある。

みどりがノロノロと歩いていくと……。

途中の柱のかげから、ヌッと手が伸びてきた。みどりの首に手がかかって――という
とき、

「あ、お金」

ヒョイ、とみどりが頭を下げたので、伸びてきた手は虚《むな》しく空《くう》をつかむことになった。

「――何だ。ボタンか。紛《まぎ》らわしいわね。まったく！」

と、文句を言いつつ、みどりは何も気付かずに洗面所へ。

バシャバシャ、派手に水をはねながら顔を洗っていると、その背後に、足音を忍ばせて近付いてきたのは、常田加奈子だった。

江田房哉《えだふさや》の血を吸って、口の周りや、顎《あご》のあたりに、乾いた血がこびりつき、凄《すさ》まじい顔だった。もうかつての「少女」の面影《おもかげ》はない。

「ああ、気持ちいい！」

と、みどりはフーッと息をついて、目の前の鏡を見た。

そこには、鋭く尖《とが》った歯をむき出した加奈子が――映っていなかった。吸血鬼は鏡に映らないのである。

従って、みどりは、後ろから襲いかかられようとしているとはまったく知らず——。

「タオルがないじゃないの！」

と、文句を言いつつ、濡《ぬ》れた両手を上げたまま、パッと振り向いた。

その肘《ひじ》が、加奈子の顔を直撃して、加奈子はドタンと引っくり返ってしまった。しかし、目に垂れてくる水が入ったみどりはまったく気付かずに、手が何かにぶつかったわ、と思っただけで、見当をつけて歩きだしていたのだ。

——みどりが保養所のキッチンへ下りていくと、千代子たちがもう冷やむぎを食べているところで、

「何やってたの、みどり？　ほら、そこにお鍋とうどん、用意してくれたわよ」

「サンキュー」

「暑くないの、みどりさん？」

と、涼子が、虎《とら》ちゃんに冷やむぎを食べさせながら言った。

「暑い時に熱いものを食べて汗を流すのがいいのよ。ダイエットにもなるし」

「なるの？」

「知らないけどさ」

みどりは鍋を火にかけた。——煮立ったところでうどんを入れる。

「お先に」

と、食べ終えた涼子が虎ノ介《とらのすけ》を抱っこして二階へ上がっていき、千代子も木原とふたりでその後ろをついて上がっていった。

「——冷たいわね、みんな」

と、みどりはブックサ言っていた。

「ひとりで食べるか。——熱いうどんこそ、私の得意料理、と」

料理ってほどのもんでもあるまいが、それはともかく……。

うどんをかき回していると、キッチンにそっと加奈子が忍び込んできた。——頭にきて、少し意地になっているのである。

みどりが鍋を鍋つかみを使って、持ちあげると、火のついていないレンジの上に移す。

「——さ、これでいいや。器《うつわ》、器っと……」

丼《どんぶり》があったのでテーブルに置き、煮立って間もない鍋をつかんで……。

「熱い熱い！」

パッとテーブルの所へ持っていって、丼へあけようと——した。

が、その正面に、今まさにつかみかかろうとする加奈子がいたのである。

「アーッ！」

と、みどりは叫んだが——止められなかった。

鍋がもろに加奈子にぶつかったと思うと、中の熱い汁とうどんが加奈子の胸から顎へと——。

「ワーッ！」

加奈子が叫び声を上げて、よろけながら逃げ出した。

「あ——ごめん！　ごめん！」

みどりは相手が誰だか知らない。ともかく誰かに熱い汁をかけてしまった、というので、あわてて追いかけたのである。

「ね、待って！　やけどしちゃう！」

みどりは保養所の玄関へと駆けだしてきて、足を止めた。

クロロックとエリカが入ってきたところだったのだ。——加奈子が、怯《おび》えたように後ずさっている。

「エリカ……」

「みどり——」

エリカは、みどりの肩を抱くと、

「向こうへ行ってよう」

と、後ろを向かせた。

「哀《あわ》れな娘だ」

と、クロロックがマントを広げる。

「土へ還《かえ》れ。――土となって大地へ帰れ」

エリカが、みどりを連れてキッチンへ入ると、後ろから、悲しく、苦しげな叫び声が聞こえて、やがてか細く消えていった……。

風が黒雲を運び、雲が風を吹き下ろしてくる。

時折、雷も鳴って、空気は重く、雨の気配を含んでいた。

風が、まだ乾き切った湖底の泥を舞い上げる。やがて日が落ちようとして、日がかげったのと、二重に暗くなりかけていた……。

湖底の「村」は、静かだった。沈黙して、何も語ろうとはしない。

転がり落ちた墓石は、早くも土埃《つちぼこり》をかぶって白くなっている。

黒雲は、まるで生きもののように空を這《は》い進んでいった。

茂みをかき分け、誰かが湖底へと斜面をかけ下りる。その黒い影は、村を抜け、あの墓地へとやってきた。

「畜生……」

と、それは呟《つぶや》いていた。

「邪魔しやがって！　人間には二度と手は出させないぞ……」

それは、かつて眠っていた地面の穴の所までやってきて、足を止めた。

十字架の形に彫った石が横倒しになっている。そこに腰をおろしているのは、クロロックだったのだ。

「クロロック……」

と、それは言って、

「ここへ戻るのを――」

「待っていた」

と、クロロックは、立ち上がって言った。

「そうか。――クロロック。我々が力を合わせれば、人間たちなど怖くない。再び、我ら一族の世界に――」

「馬鹿な夢を見るな」

と、クロロックは首を振った。

「いいか、我々は昔からひっそりと、自分の領分を守りながら暮らしてきたのだ。今は人間の世の中なのだ」

「お前は……人間の女を妻にして、誇りを忘れたようだな」

と、苦々しげにそれは言った。

「誇りとは、他の上に立つことではない」

と、クロロックは言った。

「我々には我々の、人間には人間の誇りがある。どれもが等しく同じ価値を持っているのだ」

「お前は昔から、理屈っぽかった」

と、それは苦笑した。

「自分が誰よりも上にあるという『おごり』が、一族を滅ぼすのだぞ」

「そこをどけ。——俺はそこへ身を隠して、また再び復活してやる」

「ここへ入る前に、私と戦うことだ」

「クロロック——」

風が一段と強くなった。

乾いた土が舞い上がって、細かいつぶてとなって、ふたりを打った。

——エリカは、斜面を上った所に、じっと両足を踏んばって立っていた。

汗がエリカのこめかみを伝い落ちていた。

足音がして、振り向くと木原がやってきたところだった。

「どうなってる？」

「しっ。今、父とあれがあそこに……」

「逃げてきたのか」

「そう。あの江田さんや刑事たちに追われてね。ここへ身を隠すに違いないと分かってたから……。でも——」

　エリカは分厚い雲が盛り上がっている空を見上げて不安げに、

「雨が降るわ」

「雨がどうかしたのかい？」

「下はもともと分厚い泥だったのよ。——今は乾いているけど、雨が降りだせば、たちまち泥に戻る。何メートルもの深さのね。それに捉《つか》まえられたら、出てこられなくなるわ」

「じゃ、急がないと……」

「父に任せて。——分かってるはずだわ」

　でも、お父さん！　急いで！　早く、早く！

　——それはクロロックへ向かっていこうとして、はね飛ばされた。

　土埃がもうもうと立ち上がり、数メートルも転がったその大きな体は、やっと起き上がると、

「——本気だな！」

　と、わめくように言った。

「本当にやる気だな！」

「もしお前が、山の奥深くへ身を隠して、二度と人間の前に姿を現さんというのなら

「……」

「ごめんだ！　俺はお前の指図など受けん！」

立ち上がったとき、それは土の中に埋められていた標識をつかんでいた。鉄のパイプと札《ふだ》が、赤くさびて、もう何が書いてあったのか、読みとれない。

それは、恐ろしい力で、パイプをねじ切った。切れた口が、鋭く尖っている。

「これで刺し貫《つらぬ》いてやる。――クロロック、貴様を――土くれに戻してやる！」

パイプを振りかざして、それはクロロックに向かって、進もうとした。

足下《あしもと》を揺るがすような雷鳴が、たれこめた雨雲の中から響いてきた。

と思うと――。シュッ、と黒雲から空を真《ま》っ直《す》ぐたてに貫いて、雷が走った。まぶしいほどの光が、天と地をつないで、駆け抜けたのだ。

それは、高くふりかざした鉄のパイプへと真っ直ぐに――。

雷に打たれて、それは声を上げた。――哀《かな》しげな、長く尾を引く叫び声だった。

クロロックは駆け寄って、地面に倒れ伏したそれの、黒く焦《こ》げた姿を見下ろした。

「何ということだ！　――お前は――」

パタ、パタ、と大粒の雨が、クロロックの顔や肩に当たった。

「お父さん！」

エリカの呼ぶ声が、風を貫いてクロロックの耳まで届いた。

「雨よ！　逃げて！」

クロロックは、大きく息をつくと――エリカの待つ場所へ向かって、一気に駆けだした。

「――良かった！　間に合わないかと思った！」

エリカは、駆け上がってきた父の手を取って引っ張り上げた。もう、クロロックの足は泥にまみれている。

「滑り込みセーフだな」

と、クロロックは肩で息をついた。

「見て――」

エリカは、激しい雨の下で、たちまち湖底が黒々とした泥に変わり、大きくうねるのを見た。

「あの村も、また湖の底だ」

と、木原が言った。

そこへ、一色刑事が、江田信夫や警官たちを連れてやってきた。

「おい！　どうなった、あいつは？」

「安心していい」

と、クロロックは肯《うなず》いた。

「あの泥の中に、永久に埋もれているだろう」

「泥の中？　そうか……。手錠《てじょう》をかけられなかったな」

と、一色は悔《くや》しそうに言った。

「それで良かったのだ」

クロロックが一色の肩を叩く。

雨は山をのみこもうとする流れのように、激しく降り注ぎ、湖に向かって流れ込んでいった。

「ね、聞こえる」

と、エリカが言った。

本当だ。——誰もが聞いた。笛や太鼓の、お祭りのおはやしを。

「魂《たましい》が、帰っていったのだ」

と、クロロックが言った。

誰もが、雨の中に立ちつくして、遠いかなたへと消えていくおはやしの響きに、耳を傾けていた……。

「——忘れもの、ない？」

と、涼子が大声で言った。

「あなた！　虎ちゃんをちゃんと抱っこしてよ」

「ああ、こいつを忘れるものか」

クロロックも、やっとマントが乾いて、出発できることになったのである。

「――大変な夏休みだったわ」

と、エリカは荷物を保養所の玄関へ運んできた。

「ええと……。洗面道具は持ったし……」

涼子が、

「もう一回、部屋を覗《のぞ》いてくる！」

と、駆けていく。

「お母さん、こういう時には張り切ってるね」

と、エリカが笑うと、

「あれはあれで、貴重な才能というべきだ」

と、クロロックは笑って言った。

「お父さん」

「うむ？」

「あれは――誰だったの？　分かったの？」

「ああ……。初め会った時から、見当はついていたよ」

と、クロロックは肯いて、

「たとえ、姿がどう変わっていても——自分の兄ぐらいはな」

と、呟くように言った。

エリカは、外へ出て、車を玄関へつけた。また晴れて、暑くなっている。

——みどりと千代子は木原に荷物を運ばせて、手ぶらでロビーに座っている。

「出発よ！」

と、涼子が宣言した。

「ワア」

と、虎ちゃんが両手を上げてバンザイをする。

ゾロゾロと保養所を出て、千代子は木原とまた東京で会う相談などして少し遅れている。

「——お父さん」

と、エリカがつついた。

江田弘子が、咲子を連れて、急ぎ足でやってきた。

「間に合って良かった！　——せめておみやげと思ったんですけど」

「気をつかってくれなくても……。それ何です？」

エリカも遠慮なく訊く。

「お弁当です。途中でめしあがって」

「やった！」

みどりが思わず言って、みんなが大笑いしている。

「主人は会社をやめました」

と、弘子が言った。

「地元のために、何かやれることを見つけると言っています」

「よろしく伝えてくれ」

と、クロロックは言って、顔を上げると、

「おい、また来たぞ！」

と、目を丸くした。

一色刑事が、パトカーの窓から顔を出して、

「おい！　我が友よ！」

と、手を振っている。

「高速まで、パトカーで先導してやる。速いぞ！」

「最高！」

エリカは指をポキポキ鳴らすと、運転席へ乗り込んだ。

——まだ夏は当分続きそうだった。

10冊目のごあいさつ

『吸血鬼はお年ごろ』のシリーズも、これで十冊目になった。

このところ、三編ほどの中編をまとめたものが続いていたので、久しぶりの長編である。多少とも、いつも以上の「読み応《ごた》え」があってほしいと願っている。

今回は少し恐怖小説風の（現代風に言うと「ホラー小説」だが）味を濃くしてみた。いや、本来吸血鬼小説は「怖い話」でなくてはいけないのだが、どうもこのところ、クロロックが「マイホーム型」で落ちついてきて、「怖さ」が薄れたような気もしていたので、本来の姿へと引き戻した、というのが正確なところかもしれない。

それにしても、だいたい、同じ吸血鬼が主人公で「シリーズ物」になるということ自体、妙な話である。吸血鬼が登場するお話は、吸血鬼が胸に杭《くい》を打ち込まれて滅びる場面で終わらなくてはいけないのだから。

その吸血鬼を主人公にして（正しくは、吸血鬼の父娘《おやこ》だが）、「正義の味方」にしてみる、という試みが、ここまで続くとは、思ってもいなかった。

ここまで来たら、そう簡単にはやめられないし、当分、クロロックは愛妻涼子《りょうこ》の尻《しり》に敷かれていることになりそうだ。クロロックにしてみれば、吸血鬼より、奥さんを怒らせたほうがよほど怖い、というのが本音かもしれない。

僕は昔から「怖い話」が大好きである。

――吸血鬼だの、狼《おおかみ》男、古城の亡霊、といった類《たぐい》の映画が大好きで、せっせと見ていた。

しかし、今の世に「吸血鬼」を持ち出してくるのは、どう考えても無理がある、という気がしていた。吸血鬼は、やはりヨーロッパの深い森の奥にひそむ古城か何かに住んでいないと……。

その僕に、「吸血鬼小説」を書かせるきっかけになったのが、アメリカで超ベストセラー作家として有名なスティーヴン・キングの『呪われた町』である。現代アメリカの小さな田舎《いなか》町に吸血鬼が現れて、町が全滅してしまう話が、本当に首筋がゾクゾク寒くなってくるほどの怖さで語られていた（ちなみに、僕とキングは同じ年齢《とし》だ）。

工夫さえすれば、現代に吸血鬼を持ってくることができる。――その僕なりの「工夫」のひとつが、この『吸血鬼はお年ごろ』のシリーズである。

これからも「笑い」と「怖さ」を、うまく混ぜ合わせながら、長く続けていきたいと思っている。——こづかいを上げろ、とか、恋人を作れとか、ブツブツ文句を言っているクロロックとエリカをなだめすかしながら……。

赤川次郎

※このあとがきは、一九九一年三月の集英社コバルト文庫版刊行時に掲載されたものです。

解　説

円《えん》堂《どう》都《と》司《し》昭《あき》

吸血鬼といえば、人の血を食する怪物だ。ホラーである。でも、そんな存在が主人公だというのに赤川次郎の「吸血鬼はお年ごろ」シリーズは、ユーモア・ミステリーなのだ。

『吸血鬼はお年ごろ』（一九八一年）から始まったシリーズの主人公は、初登場時に女子高三年生でやがて無事に大学生になった神代《かみしろ》エリカ。ハーフの美少女である彼女は、もう一つ大きな特性を持っていた。父親のフォン・クロロック元伯爵《はくしゃく》が、トランシルヴァニア出身の正統派吸血鬼なのである。

クロロックが日本人女性と結ばれたことで生まれたエリカも、吸血鬼の血を半分引いているため、一族の力を多少受け継いでいる。視覚や聴覚、体力などは普通ではありえないレベルだし、ちょっとした超能力も使える。そんなエリカが父クロロックの助けを得ながら、毎回難事件を解決するのが、「吸血鬼はお年ごろ」シリーズだ。

ミステリー小説のシリーズだから、殺人事件が頻繁《ひんぱん》に起きる。吸血鬼の周辺で起きるのだから、血生臭《ちなまぐさ》いと表現できるような猟奇的事件も少なくない。とはいえ、物語全体としてはいかにも赤川次郎作品らしい、微笑ましいユーモア・ミステリーになっている。それは、レギュラー・キャラクターたちの性格によるところが大きい。

クロロックは、エリカの母親である先妻を病気で亡くしている。だが、『吸血鬼はお年ごろ』所収の第一話「永すぎた冬」で出会ったエリカの後輩女子高生・涼子《りょうこ》と再婚し、虎ノ介《とらのすけ》という子どもまでもうけた。山間《やまあい》の洞窟で石の棺《ひつぎ》に寝ていたクロロックの生活も、再婚後は変わった。街に出てきて家族とともに暮らしている。

しかも、『吸血鬼株式会社』（八二年）所収の表題作短編の事件で知りあった人物の要請で、クロロック商会という会社の社長を務めるようになった。本来、昼に眠り、夜に活動するはずの吸血鬼が、朝九時出社、夕五時退社の人間のサイクルで生活し始めた。妻がくれるお小遣いが少ないと愚痴をこぼし、幼い虎ノ介の育児にいそしむクロロックは、人間以上に人間らしい。

しかし、クロロックは、それでも正統派の吸血鬼である。古典的ホラー映画に登場する吸血鬼のごとく黒マントが似合う風貌だし、『吸血鬼株式会社』所収の「吸血鬼ドラキュラ・スーパースター」では、頼まれてお芝居でドラキュラ役を演じてもいる。「吸血鬼はお年ごろ」シリーズでの説明によると、小説や映画などのせいで人間は、吸血鬼をいろいろ誤解しているという。例えば、吸血鬼が十字架を恐れるというのは、キリスト教社会の迷信にすぎないそうだ。それに対し、クロロックは、人間が思いこんでいる吸血鬼像をあえて真似して面白がっている。そんな風に、人間臭《くさ》い吸血鬼が絵に描いたような吸血鬼を演じたりするややこしいノリが、このシリーズの面白さだろう。

一方、吸血鬼とのハーフであるエリカも、若い女の子らしい青春を楽しんでいる。のっぽでおっとりした大月千代子《おおつきちよこ》、こぶとりで食いしん坊の橋口《はしぐち》みどりとは女子高時代からの仲良しだし、喋る、食べる、出かけるなど頻繁に三人で行動している。このシリーズにおいてみどりの存在は、意外に大きいと思う。

みどりの食いしん坊ぶりは、ちょっと尋常ではない。彼女は、どんな真面目《まじめ》な会話をしている時でも食べもののことを忘れない。『吸血鬼株式会社』所収の「静かなる誘拐」でみどりは誘拐されてしまうが、監禁されている最中にカップラーメン二杯と大福モチ六個をペロリと平らげ、犯人をあきれさせる。ひょっとして、血を吸う吸血鬼以上に異常な食生活なのではと思わせる彼女がいることで、シリーズのおかしさが増している。

ところが、シリーズ十冊目にあたる本書『湖底から来た吸血鬼』（九一年）では、みどりがあまり目立たない。それは、著者自身が「10冊目のごあいさつ」と題したあとがきに記している通り、本作がホラー風味を濃くして原点回帰的な意識で書かれた作品であることと関係しているだろう。

「吸血鬼はお年ごろ」シリーズでは、一冊に中編三作程度を収録するのが基本的フォーマットであるのに対し、本書は長編一作で一冊になっている。語られる事件も、このシリーズ中の一作としてユーモア・ミステリーの範囲内ではあるけれど、いつもよりはシリアスな内容だ。したがって、シリーズのお笑い担当と呼べるみどりの活躍が減ったのだろう。彼女に関しては、また別の作品での食べっぷりに期待したい。

さて、『湖底から来た吸血鬼』では、ダム建設により水没した村が雨不足で干上がり、ゴーストタウンになって再び現れる。水底には墓も沈んでいたが、湖が干上がると葬られていたはずの死者たちが蘇り、今はべつの場所で暮らす元村人たちに呼びかけるようになった。怪異は続いて殺人事件まで発生し、いつもの通り、クロロックとエリカの父娘《おやこ》が解決に乗り出す。

故郷にいられなくなり喪失感を抱えている人々を死んだ家族が誘うという発端。事件にかかわる元村人のなかには、村をダムの底に沈めるために働いた電力会社側の人間も含まれているという社会性。その電力会社勤務の夫は当然、会社やダム建設、事件に関するとらえかたが父や妻と異なり、家族間がぎくしゃくする。そういった心理的に厳しい状況設定が、このシリーズには珍しいホラー味の強さにつながっている。

もう一つのポイントは、故郷喪失者をめぐる事件を追うクロロック自身が、故郷を喪失した過去を持っていることだ。彼は本作の前半で「私は、吸血鬼を憎む人間たちに追われて、この国まで逃げてきた。（中略）逃げのびて、海を渡ることができたのは、私ひとり……。そのはずだ」と回想する。そして、『湖底から来た吸血鬼』と題されているることからも察せられるだろうが、水底の村をめぐる事件の背後には、クロロックと同族の吸血鬼の存在がある。本作が普段以上にシリアスな雰囲気であることには、そうした事情が関係している。だからだろう。故郷を喪失した人々への共感、同族への複雑な思いを抱えるクロロックは、いつもよりも事件に感情移入しているようにみえる。

また、「吸血鬼はお年ごろ」シリーズは、もちろん一作ずつ読み切りで楽しめるけれど、シリーズの他の作品を知っているとさらに楽しめる部分もある。本作の設定には、第一作の「吸血鬼はお年ごろ」を連想させる要素がある。同作では、山間の廃村を通り抜けた滝壺近くの洞窟に、クロロックの眠る石の棺があった。エリカは父に会おうと田舎のバスに乗り、廃村のためになくなった村の停留所あたりで降ろしてもらう。トランシルヴァニアの故郷を追われ日本にやってきた吸血鬼が、過疎化で消滅した村の奥に眠っていたのだ。故郷喪失をテーマにした『湖底から来た吸血鬼』には、シリーズの原点であるそんな寂しさや哀しさを思い出させるところがある。

ちなみに本作でクロロックは、日本まで渡ってきた吸血鬼は自分だけの「はず」だと曖昧《あいまい》に語っていたが、実は「吸血鬼はお年ごろ」ではこの国に来た同族が登場していた。トランシルヴァニアから逃避する際にはかなり混乱していたようで、クロロック自身も状況の全貌を把握していないらしい。

また、『吸血鬼よ故郷を見よ』（八四年）の表題作中編には、トランシルヴァニアにいた頃のクロロックを知る日本人が登場した。同作では、「トランシルヴァニア……。果てしなく続く、山と森……」「懐かしい！——我が故郷だ」などとつぶやき、望郷の念にかられるクロロックの姿も描かれていた。

『湖底から来た吸血鬼』でこのシリーズに出会った人、この本でシリーズを読み返したくなった人は、「吸血鬼はお年ごろ」や「吸血鬼よ故郷を見よ」にさかのぼるといい。そうすれば、本作を読んだ余韻が、より豊かなものになるだろう。

本作では、人間と対立する吸血鬼とクロロックが戦わなければならない。人間と吸血鬼の両方の血を引くエリカは、微妙な立場かもしれない。だが、人間の女性を愛し、子どもをもうけたクロロックの人間社会のなかで生きていく決意は揺るがない。彼は、作中で自分の思いを語る。それを読むと、クロロックとエリカがなぜあのように良好な父娘関係になっているのか、理解できる気がする。

クロロックは、涼子と再婚し、虎ノ介という息子をさずかった。一般的にみれば、センシティブなお年ごろであるエリカが、自分よりも一学年後輩の女子高生と結婚し、自分と親子といっていいくらい年齢の離れた弟を生ませた実父のことを、激しく嫌悪しても不思議ではない。だが、彼女にそんなそぶりはまったくなく、自分より学年が下だった涼子をややからかい気味に「お母さん」と呼んで友だちのノリで親しくしたり、弟の虎ノ介を素直に可愛がったりしている。それは、遠い国の故郷から離れ、寂しく過ごしていた父の過去を知るがゆえに、幸せになってほしいと願うからだろう。

そういえば「吸血鬼よ故郷を見よ」で、エリカの耳にはただのおのろけにしか聞こえない夫婦の言い争いがあった。望郷の念にかられるクロロックに涼子は言った。「あなたの妻と子はここにいるのよ。あなたの家はここよ。ここがあなたの故郷じゃないの！」。もちろん、彼の先妻との娘であるエリカも、ここ日本にいるのだ。

『湖底から来た吸血鬼』は、沈んだ村出身の家族の不安や軋《きし》み、人間社会と敵対する吸血鬼が中心となるホラー小説であると同時に、事件を通してクロロックとエリカが家族の絆《きずな》をもう一度確かめるホームドラマである。恐がりつつ、ほっこりしてください。

この作品は一九九一年三月、集英社コバルト文庫より刊行されました。

集英社文庫

湖底《こてい》から来《き》た吸血鬼《きゅうけつき》

2014年2月25日　第1刷　　定価はカバーに表示してあります。

著　者　赤川次郎《あかがわじろう》
発行者　加藤　潤
発行所　株式会社　集英社
東京都千代田区一ツ橋2-5-10　〒101-8050
電話　03-3230-6095（編集部）
03-3230-6393（販売部）
03-3230-6080（読者係）
印　刷　凸版印刷株式会社
製　本　凸版印刷株式会社

フォーマットデザイン　アリヤマデザインストア　　マークデザイン　居山浩二

ISBN978-4-08-745159-7 C0193